Juna & Levi

ZWEI MENSCHEN. EIN DUNKLER RAUM.
UND DIE FRAGE, OB DIR DREIßIG ANTWORTEN DAS
GEFÜHL GEBEN KÖNNEN, DASS TAGESLICHT
ÜBERBEWERTET WIRD.

Mehr über mich findet ihr hier: www.elja-janus.de
www.instagram.com/eljajanus – www.facebook.com/eljajanusschreibt/

Impressum

Bibliografische Information der Deutschen Nationalbibliothek:
Die Deutsche Nationalbibliothek verzeichnet diese Publikation in der
Deutschen Nationalbibliografie; detaillierte bibliografische Daten sind im
Internet über http://dnb.dnb.de abrufbar.

Originalausgabe August 2021
© Elja Janus, alle Rechte vorbehalten
c/o autorenglück.de
Franz-Mehring-Str. 15
01237 Dresden

Umschlaggestaltung: Elja Janus unter Verwendung von canva.com:
Vector Image von OpenClipart-Vectors von pixabay / Red Heart Shape
von Canva / Line Pattern Background von 7089643 von pixabay / Mask
Of Carnival Design von grmarc / Travel Element Headphones von
sketchify / Blur Blurred Dot von sparklestroke – Typo: Playlist Script,
Donau
Innengestaltung: Elja Janus unter Verwendung von canva.com:
Painted Wall Background von Canva / Blank Poster Bulletin Board von
Canva PH von Sketchify Philippines / Office Note Tape Top von Market-
place Designers / Red Cross von Canva / Vector Image von Endresz von
pixabay / Number 1 (etc.) Floral Typography von aidenopoly / Letter Of
The Alphabet With Leaves von grmarc2 – Typo: Playlist Script, Donau,
Josefin Slab
Mein aufrichtiger Dank an all die DesignerInnen, die diese Cover-Gestal-
tung möglich gemacht haben!

Sensitivity Reading: Ayasha Mack

Herstellung und Verlag: BoD – Books on Demand, Norderstedt
ISBN: 978-3-7543-3830-8

Für alle, die mit *geschlossenen Augen* sehen können. Für alle, die *bereit sind,* es zu lernen.

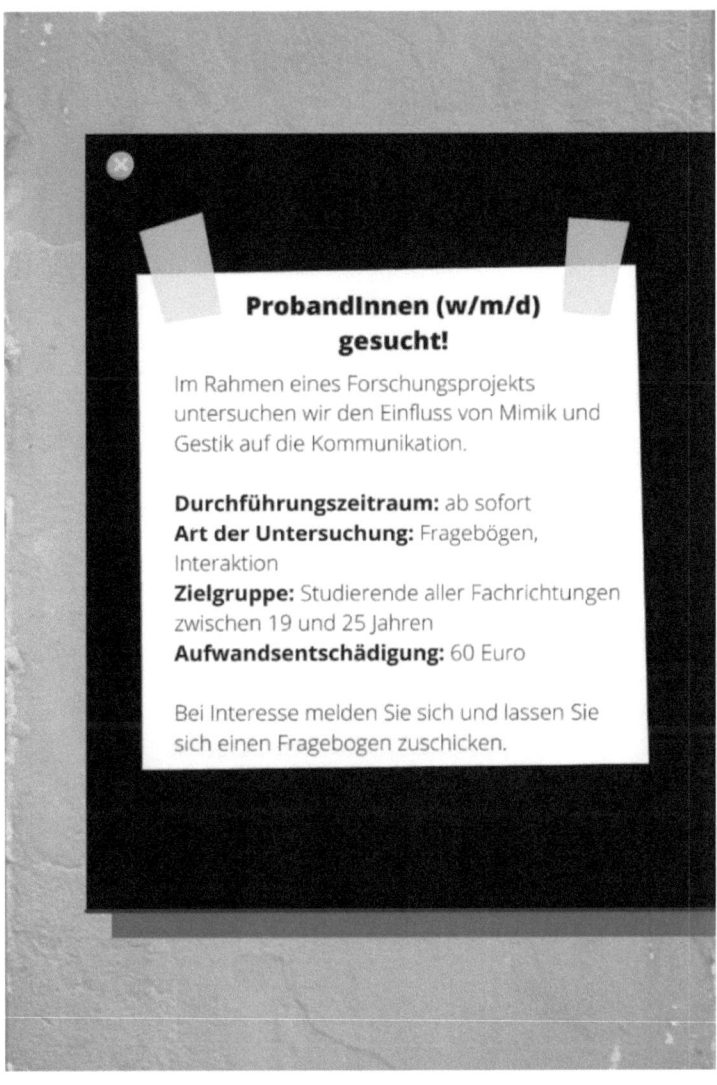

ProbandInnen (w/m/d) gesucht!

Im Rahmen eines Forschungsprojekts untersuchen wir den Einfluss von Mimik und Gestik auf die Kommunikation.

Durchführungszeitraum: ab sofort
Art der Untersuchung: Fragebögen, Interaktion
Zielgruppe: Studierende aller Fachrichtungen zwischen 19 und 25 Jahren
Aufwandsentschädigung: 60 Euro

Bei Interesse melden Sie sich und lassen Sie sich einen Fragebogen zuschicken.

PROLOG

»So, Frau Lorenz.« Sie rollt mit ihrem Stuhl näher an den Schreibtisch heran, greift nach ihren vor ihr liegenden Notizen und nimmt sie auf, ehe sie mich direkt ansieht. »Sind Sie bereit?«

Die macht es aber spannend. Für einen Moment wandert mein Blick zu dem Blatt in ihren Händen, in der Hoffnung, einzelne Wörter entziffern zu können, als von hinten das durch die Fenster fallende Licht auf das Papier trifft. Keine Chance. Also nicke ich.

»Wir haben Sie für das Experiment als mögliche Probandin ausgewählt, weil Sie laut Fragebogen alle Voraussetzungen erfüllen.«

»Okay«, murmle ich und versuche, auf meinem Stuhl die bequemste Position zu finden. Ich als Versuchskaninchen ... »Welche Voraussetzungen meinen Sie?«

»Unterschiedliche.«

Mhm.

»Sie können natürlich entscheiden, ob Sie an der Studie teilnehmen möchten oder nicht, nachdem ich Ihnen erklärt habe, worum es geht.«

Ja, das mit der Spannungskurve hat sie drauf. Doch

in meiner Magengrube macht sich dieses wohlige Kribbeln breit, das nur Abenteuer hervorrufen kann.

»Worum geht es denn genau?«, will ich wissen.

»Also, zum Vorgehen ...« Die Doktorandin senkt den Blick auf das Blatt, ehe sie emotionslos ihren Text abliest. »Ihnen werden die Augen verbunden, dann werden Sie in einen Raum geführt. Dort wird eine zweite Person unter den gleichen Bedingungen hingebracht. Wenn wir den Raum verlassen haben, bekommen Sie ein Zeichen, woraufhin Sie die Augenbinde abnehmen können. In dem Raum wird es vollkommen dunkel sein.«

Sie blickt von ihrem Zettel auf und mustert mich.

Vermutlich ist das die Stelle, an der ein paar aufgesprungen und aus dem Raum getürmt sind. Die Idee klingt erst einmal etwas seltsam, das muss auch ich zugeben. Doch seltsam finde ich in diesem Fall erstaunlich nahe an interessant.

»Und dann?«

Sie blickt wieder auf die Notizen, ehe sie weiterspricht. »Vor Ort gibt es einen Lautsprecher. Darüber werden Ihnen dreißig Fragen beziehungsweise Anweisungen vorgelesen. Im Großen und Ganzen geht es um aufrichtige Antworten und einen ehrlichen Austausch.«

»Ich soll mich also im Dunkeln mit jemandem unterhalten?«, hake ich noch einmal irritiert nach und sie sieht auf. »Das war's?«

Sie nickt.»Und anschließend einen Fragebogen ausfüllen, ja.«

»Und wie werden Sie uns dabei beobachten?«

»Gar nicht. Aber wir hören Sie und zeichnen das Gespräch auf.«

»Hm«, mache ich.»Und das Experiment dient dazu, dass ...?« Ich gebe ihr mit einem Handzeichen zu verstehen, dass sie wieder am Zuge ist.

Einen Moment lang blickt sie noch einmal auf das Blatt, als müsse sie sich vergewissern, dass sie ihre Erinnerungen nicht trügen. Dann sieht sie wieder mich an.»Wir möchten herausfinden, wie sich das Äußere sowie die Gestik und Mimik eines Gesprächspartners auf Ihre Offenheit im Rahmen eines Gesprächs sowie auf die Sympathie zueinander auswirken.« Kurz lacht sie auf, ein Anflug von Scham schwingt mit.»Also, ich meine ... Natürlich das Fehlen all dessen.«

»Okay.« Klingt plausibel.»Wie lange dauert das denn so?«

Sie zuckt mit den Schultern.»Sie können sich so viel oder so wenig Zeit nehmen, wie Sie möchten. Die einzige Vorgabe, um die sechzig Euro Aufwandsentschädigung zu erhalten, ist, dass Sie bis zum Ende teilnehmen. Brechen Sie das Experiment vorzeitig ab, so entfällt die Entschädigung.«

Ich nicke bedächtig. Dreißig Schritte durch die Dunkelheit mit einer Fremden, die genauso wenig weiß und sieht wie ich ...

»Na gut«, höre ich mich da sagen, noch ehe ich zu

Ende gedacht habe. Sind die spontanen Entscheidungen nicht immer die besten?»Ich bin dabei.«

»Schön.« Zum ersten Mal huscht ein Lächeln über ihr Gesicht.»Dann schaue ich mal eben nach, ob die andere Person auch so weit ist.«

»Okay.«

Als sie den Raum verlässt, macht sich auch das Kribbeln in meiner Magengrube auf den Weg, um ein wenig durch meinen gesamten Körper zu wandern. Niemals hätte ich damit gerechnet, dass es so spannend wird. Doch vermutlich wird es auch weniger spannend als einfach nur nervig, falls die andere eine Vollidiotin ist.

In den Gedanken platzt die Versuchsleiterin.»Wir wären dann bereit.«

»Dann also los.« Ich erhebe mich hektisch, ziehe meine Jacke aus und ... stehe dann unschlüssig herum.

»Sie können Ihre Sachen hierlassen. Wir schließen sie für die Dauer des Experiments ein.«

Sie zeigt auf eine Wandgarderobe, und ich hänge die Jacke gemeinsam mit meiner Tasche auf.

»Haben Sie irgendwelche Gegenstände bei sich, die Licht erzeugen könnten?«, fragt sie, als ich mich ihr wieder zuwende.»Ein Handy oder Ähnliches?«

Vorsichtshalber klopfe ich noch einmal meine Hosentaschen ab.»Nur in meiner Handtasche.«

»Gut. Wenn Sie so weit sind, ziehen Sie sich gern die Binde über die Augen.« Sie holt eine Art schwarzes Allzwecktuch aus einer kleinen Plastikverpackung und hält es mir hin.

»Klar.« Die Nervosität hüpft vorfreudig in meinem Bauch auf und ab, als ich nach dem Tuch greife, um es mir über den Kopf zu ziehen, bis es mich erblinden lässt.

»Sie können nichts mehr sehen?«, fragt sie, und der Gedanke, dass sie gerade womöglich zum Test vor meinem Gesicht herumfuchtelt, lässt mich grinsen.

»Nein, nichts«, erspare ich ihr weiteres Vielleicht-Gefuchtel.

»Gut. Dann werde ich nun Ihre Hand an meinen Ellenbogen legen. Wenn Sie sich so festhalten«, sie zeigt es mir, »kann ich Sie am besten in den Raum führen, wo Sie auf die andere Person treffen. Aber wir haben es auch nicht weit. Deshalb bitte ich Sie, nicht mehr zu sprechen, sobald ich die Tür des Büros geöffnet habe. Weitere Anweisungen bekommen Sie dann, sobald wir dort sind, wo das Experiment stattfindet. Haben Sie noch Fragen?«

»Nein.« Es kommt nicht gerade oft vor, dass mir nicht mehr als ein einsames Wörtchen einfällt, obwohl da so viele sein müssten.

»Na, dann wollen wir mal.«

»Ja.« Mittlerweile macht die Nervosität so große Sprünge in meinem Bauch, dass sie ihre Ärmchen sogar bis in einzelne Silben recken kann.

Während sie die Tür öffnet, stoße ich unhörbar die in meinen Lungenflügeln zitternde Luft aus, ehe ich mich mit ihrer Hilfe langsam in Bewegung setze.

Wie seltsam es ist, darauf zu vertrauen, dass eine Fremde einen unbeschadet ans Ziel führt. Ich kann mich nicht erinnern, wann ich einmal jeden einzelnen Schritt so bewusst gesetzt habe wie hier und jetzt, als sähe sie nicht mehr als ich.

Nach wenigen Schritten stoppen wir bereits zum ersten Mal, damit sie hinter uns das Büro abschließen kann. Dann geht es den Flur hinunter. Der Weg fühlt sich lang an, dabei sagt mir meine Erinnerung sehr deutlich, dass es höchstens fünfzehn Meter sein können, da wir keinmal abbiegen, keine Treppe betreten, nur geradeaus laufen. Oder schleichen.

»Einen Moment«, bittet sie dann und eine weitere Tür wird geöffnet, ehe sie mich vermutlich hindurchführt.

Ja, tatsächlich. Zu meiner Überraschung kann ich sofort die Enge spüren, die das Zimmer vom Flur unterscheidet. Oder ist es nur die Luft – verbrauchter, dicker –, die so anders ist und mir damit Enge vortäuscht? Mit jedem Atemzug merke ich, dass man hier lange nicht mehr direkt gelüftet hat, es scheint jedoch eine Klimaanlage zu geben. Bis auf das leise Surren ist es ganz still.

Der Raum hört sich leer an.

»Sie sind die Erste«, bestätigt die Psychologin.

Kann man Leere tatsächlich hören oder war es nur die Stille, die ich mit dem Alleinsein verbinde? Vor allem, wenn es so dunkel ist wie hier und jetzt. Gerade frage ich mich, wie viel von alledem ich wahrgenommen hätte, wenn ich sehen könnte, da öffnet sich eine der Richtung nach andere Tür.

»Sie sind nun beide da«, höre ich die Stimme eines Mannes. »Wir werden Sie auf ein Sofa setzen, jeden an eine Seite.«

Mit leisen Schritten zieht jemand an mir vorbei. Ob es wohl der kaum zu spürende Luftzug ist, der mir verrät, dass es zwei Menschen sind? Oder sind es die Schritte selbst?

Der Versuchsleiter riecht gut. Vielleicht kann er ja bleiben? Bei dem Gedanken muss ich wieder grinsen.

»Sie können sich nun setzen«, sagt er, ehe ich höre, wie jemand der Anweisung folgt.

Dem Geräusch nach würde ich schätzen, es handelt sich um eine Art Ledersofa. Witzig, was man alles hört, wenn man nicht durch das abgelenkt wird, was einem die Augen erzählen.

Dann bin ich an der Reihe. Langsam werde ich vorwärts geschoben, ehe mich die Frau an beiden Schultern fasst, umdreht und vorsichtig rückwärts bugsiert, bis meine Waden auf das Sofa treffen.

»Sie können sich jetzt auch setzen«, sagt sie.

Beinahe hätte ich mich bedankt, ehe mir gerade noch rechtzeitig das Sprechverbot einfällt. Als ich mich das Sofa ertastend auf das Polster sinken lasse, hämmert mein Herz ungehalten vor sich hin. Was für eine verrückte Situation.

Was ist, wenn hier so eine Ziege sitzt, die auf jede

Frage mit Schminktipps antwortet?

Dann war es eben eine Erfahrung, vielleicht sogar eine nette Anekdote.

»In der Mitte zwischen Ihnen liegt eine kleine Vorrichtung mit einem Knopf«, unterbricht die Psychologin mein stummes Selbstgespräch. »Wir führen nun jeden von Ihnen einmal mit der Hand zu dem Knopf. Wenn wir gleich draußen sind und Sie ein Signal hören, können Sie die Augenbinden abnehmen und den Knopf betätigen. Dann erklingt die erste Frage und Sie können sich unterhalten. Sind Sie fertig mit der Antwort, drücken Sie wieder darauf und stellen somit weiter zur nächsten Frage.«

Trotz der Ankündigung zucke ich zusammen, als meine Hand genommen und an das Kästchen geführt wird.

»Wenn Sie alles verstanden haben, nicken Sie bitte«, sagt der Mann.

Ich nicke und frage mich, wie mein Mit-Kaninchen reagiert. Doch alles scheint in Ordnung. Denn die Schritte der beiden entfernen sich.

»So, dann eine gute Zeit«, wünscht uns der Mann freundlich. Wie vertraut einem das Geräusch ist, wenn ein Lichtschalter betätigt wird, wird mir im nächsten Moment klar, ehe sich zwei Türen kurz hintereinander schließen. Abgeschlossen wird nicht.

Zurück bleibt angespannte Stille.

Eins, zwei, drei, vier, fünf, sechs … *Gong.*

Ich beuge mich vor, um möglichst schnell die Stille

zu beenden. Doch während ich noch herumtaste, er- tönt erst ein leises *Klick* und dann eine sympathische, wenn auch etwas blecherne Frauenstimme von ir- gendwo hinter uns.

STELLT EUCH EINANDER VOR. NUTZT DABEI AUCH DIE FOLGENDEN ANGABEN: WENN ICH EIN TIER WÄRE, WÄRE ICH DAS FOLGENDE, WEIL ... MEINE LIEBLINGSFARBE IST FOLGENDE, WEIL ... DREI DINGE, AUF DIE ICH IM LEBEN NIEMALS VERZICHTEN MÖCHTE, SIND ...

»Hi«, sage ich leise, weil mir in der Dunkelheit alles so viel lauter erscheint.

»Hi«, kommt es ebenso leise zurück.

»Du bist ein Mann«, stelle ich überrascht fest. Und nachdem sich dieses bis eben unbeachtete kleine Gedankentürchen geöffnet hat, glaube ich, es ist tatsächlich er, der so gut riecht.

Er lacht auf. Ein Lachen, das ich mag. »Und du bist sogar im Dunkeln erschreckend clever.«

Nun muss ich auch lachen. »Entschuldige. Ich hab irgendwie mit einer Frau gerechnet. Keine Ahnung, wieso.«

»Kein Ding. Also ein Spürhund wärst du schon mal nicht, wenn du ein Tier wärst«, mutmaßt er.

»Die falsche Fährte ist mein Ziel.«

»Wie heißt du?«, fragt er mit einem deutlichen Lächeln in der Stimme.

»Juna.«

»Schöner Name.«

»Danke. Und du?«

»Ich bin Levi. Vielleicht hast du schon mal von diesem Typen gehört, der es verdammt schwierig findet, sich mit einem Tier gleichzusetzen, weil ihm bei jedem einzelnen sofort einfällt, wie man es negativ auslegen kann? Der bin ich.«

Schon mal von dieser Frau gehört, die nicht aufhören kann zu grinsen, seit du zu reden begonnen hast? Die bin ich.

»Schön, dich kennenzulernen, Levi ohne Seelentier. Wie wäre es mit einem Leoparden oder so? Die sind doch ganz cool.«

»Siehst du das auch noch so, wenn du eine Gazelle bist?«, fragt er, und zum ersten Mal in meinem Leben meine ich, erhobene Brauen zu hören. Ist es das Herausfordernde, das in seinen Worten mitschwingt, was das Bild in mir heraufbeschwört?

»Ich bin aber so etwas von keine Gazelle«, erwidere ich lachend.

»Jetzt sag nicht, du weißt sofort, welches Tier du bist.« Es klingt, als schimpfe er mich eine Angeberin, aber auf eindeutig nette Weise.

»Ich hab zuerst an einen Elefanten gedacht. Die sind irgendwie eine ganz gute Wahl, weil sie nicht böse sind, aber auch nicht ganz unten in der Nahrungskette stehen. Nur hab ich überhaupt nichts von einem Elefanten, nicht einmal das gute Gedächtnis«, gebe ich zu.

»Ich glaub, ich bin ein Hund. Ich war mir auch sofort sicher, dass du eine Frau bist.«

»Wusstest du, dass Hunde nur schwarz-weiß sehen?«

»Oje, muss ich jetzt auch noch philosophische Aspekte miteinbeziehen? Wir werden hier niemals rauskommen.« Ich nehme an, die mitschwingende Verzweiflung ist gespielt.

»Ich meinte das eigentlich nicht im übertragenen Sinne«, erwidere ich grinsend. »Wobei mir auffällt, dass ich die Augenbinde noch trage. Hast du deine schon abgenommen?«

»Keine Sorge. Es ist nicht so, dass ich ansatzweise mehr sehe als du und nur dein Unwissen belächle.«

Und so ziehe ich die Augenbinde ab. Und sehe nicht einen Deut mehr. Okay, das ist … dunkel. Und nicht zu wissen, wie lange noch, erscheint mir mit einem Mal zumindest nicht mehr vollkommen egal.

»Ich bleibe beim Hund«, sagt er entschieden. »Und ich wähle Himmelblau, weil es eben Himmelblau ist. Was ist da noch hinzuzufügen?«

»Irgendwie ist diese Frage nach der Lieblingsfarbe für mich nicht leichter als die nach dem Tier. Ich meine: Lieblingsfarbe bei was? Ich liebe Rot, aber nicht bei Augen. Ich liebe Gelb.«

»Aber nur bei Augen?«

»Genau«, erwidere ich ernst. »Wahnsinn, wie du mich bereits nach so wenigen Minuten einschätzen kannst.«

»Es ist eine Farbe. Man wird dich nicht von jetzt an darauf festnageln.«

21

»Rot.«

»Gute Wahl. Und jetzt musst du dich nur noch zum Affen machen oder so.«

»Oh, ich mag Affen. Und die sehen auch meistens ganz glücklich aus, oder? Ich wäre ein Affe. Gab es da nicht noch eine Frage?«

Er seufzt. »Ich hätte jetzt einfach so getan, als hätte ich sie vergessen. Auf welche drei Dinge du nicht verzichten willst.«

»Und ich dachte, der rote Affe war eine Herausforderung«, murmle ich und hänge auch noch ein Seufzen an. »Zumindest amüsieren wir vermutlich die Menschen, die sich den Kram hier ausgedacht haben.«

»Wollen wir es hoffen. Denkst du, die meinen Dinge-Dinge? Oder so Dinge wie Sonnenaufgänge und das Rauschen des Meeres?« Es klingt, als würde er sich zumindest nicht für Sonnenaufgänge und das Rauschen des Meeres entscheiden, selbst dann, wenn das die Frage war.

»Ist vermutlich alles möglich«, überlege ich. »Ich schätze, es ist eine dieser Fragen, die zeigen, wie du an Fragen herangehst.«

»Etwas unbeholfen, würde ich jetzt mal unsere bisherigen Versuche zusammenfassen. Dabei bin ich sonst nicht so der Zerdenker. Also nicht, dass du mich jetzt für einen der tiefschürfenden Sorte hältst.«

»Nicht tiefschürfend. Behalte ich im Hinterkopf. Ich bin eine Manchmal-Zerdenkerin. Wenn ich in neuen Situationen bin, die mich verunsichern, glaub ich.«

22

»Das hier ist neu für dich?« Es gelingt ihm, zutiefst irritiert zu klingen.

»Kaum. Deshalb bin ich gerade auch so wahnsinnig locker drauf.« Dass mein lässiges Abwinken hier nicht funktioniert, wird mir ein, zwei Sekunden zu spät bewusst.

»Das ist also dein Locker? Yay«, macht er, und ich bemühe mich, nicht schon wieder zu lachen. »Also meine erste Wahl lautet: atmen.«

»Wie bitte?«

»Aufs Atmen möchte ich echt ungern verzichten.«

»*Nicht tiefschürfend* hatte ich bereits notiert«, erwidere ich. Und witzig. Witzig habe ich auch notiert – wenn auch still und heimlich genau wie das gut riechend. »Und wenn wir uns auf dieser Ebene befinden, wähle ich die Sonnenaufgänge. Nicht weil ich früh genug wach wäre, um sie zu beobachten, aber weil ich so auf Tageslicht stehe, um nicht depressiv zu werden.«

»Steht nicht auf anhaltende Dunkelheit zwecks Mangels an depressiven Phasen«, sagt er, als schreibe er mit.

»Oh, und mein Tagebuch aus der Grundschule, darauf würde ich nicht verzichten wollen. Ich hab heute noch Tränen in den Augen, wenn ich lese, wie mein Meerschweinchen gestorben ist.«

»Steht nicht auf depressive Phasen, liest aber Tagebücher, die sie traurig stimmen«, gibt er wieder silbenweise von sich. »Mysteriös.«

»Es steht auch drin, dass ich mich am Tag meiner

23

Kommunion so überfressen habe, dass ich mich übergeben musste.«

»Okay, langsam verstehe ich den Reiz dieses Buches.«

»Weißt du, was lustig ist?«

»Steht auch drin, wie die anderen Kinder dich wegen deiner Segelohren gehänselt haben?«

Verdammt, ich muss schon wieder lachen. »Nein. Und ersetze lustig durch interessant. Es ist interessant, dass meine Kindheit total schön war, und ich erinnere mich an genau diese beiden dramatischen Tagebucheinträge.«

»Womöglich ist es an der Zeit, das Buch hinter dir zu lassen, solltest du in einem Feuer entweder diese festgehaltenen Erinnerungen oder deine gesamten Ersparnisse retten können.« Es klingt lieb.

Habe ich schon einmal das Wort *lieb* gedacht? Keine Ahnung, aber er sagt es richtig, richtig lieb.

»Vielleicht legst du heute Abend sogar selbst spontan ein kleines Feuer, um diesen Teil dem hellen Rest deiner Kindheit zu opfern«, schlägt er vor.

»Mal sehen.«

»Ich möchte nicht auf meine Eltern verzichten. Gelten die als ein oder zwei?«

»Deine Eltern sind keine Dinge«, lenke ich ein.

»Ich setze dann also noch kleinlich neben manchmal-zerdenkend und mysteriös auf die Liste.«

»Klar, gern. Also ich streiche das Tagebuch und wähle meine Sandsammlung.«

24

»Gib es zu«, beginnt er. »Dein Affen-Instinkt hat dir verraten, dass es uncool wäre, in deinem Alter von Sandkasten zu sprechen.«

Ich schnalze, aber ohne Frage amüsiert. »Ich hab so kleine Gläschen, wie Mini-Einmachgläser. Darin sammle ich seit meiner Kindheit Sand von jedem Strand, an dem ich jemals war.«

»Okay, das ist cooler als ein Sandkasten«, gibt er zu. »Ich organisier das Wellenrauschen, du den Sand unter den Füßen.«

»Klingt gut«, murmle ich. »Und Nummer drei?«

»Musik.« Er spricht es aus, als hätte er *Liebe* gesagt.

»Dann wähle ich tanzen.«

»Wir sind ein Traum-Team«, erwidert er übertrieben angetan.

»Ohne Frage. Ich hoffe nur, das war nicht Schwierigkeitslevel eins, und von jetzt an geht es steil bergauf.«

»Das werden wir gleich herausfinden.«

Klick.

»Wie ich bereits erwähnte«, beginne ich, »wäre es toll, wenn die Fragen nicht immer schwieriger würden. Aber vor allem hoffe ich wohl einfach auf eine interessante Zeit. Und du?«

»Augenhöhe oder so.« Unerwartet schwingt Unsicherheit in seinen Worten mit. »Ich meine, in diesem Raum sind alle gleich. Das Aussehen, das Gewicht ... All das, was sonst so offensichtlich ist, ist mit einem Mal egal.«

Ob er wohl schlecht aussieht? So als Ausgleich für seinen Humor und seine Stimme und sein Lachen und seinen Geruch ...

Da ist sie plötzlich wieder ganz bewusst da. Die Dunkelheit. Und das damit verbundene Nichtwissen.

»Ist dir das so wichtig, das Aussehen?«, frage ich, und ein Teil von mir sorgt sich ein ganz klein wenig, dass er vielleicht anders mit mir sprechen würde, wenn er mich sehen könnte. »Ist nicht all das, was offensichtlich ist, am Ende immer erstaunlich unwichtig, wenn man einen Menschen wirklich kennt?«

»Ich meine nur, dass das Licht ja mehr sichtbar macht als hübsch oder nicht und so nen Kram. Also wie das Gegenüber reagiert, die Ausstrahlung … Alles, was gerade noch fehlt, halt. Stell dir vor, du merkst plötzlich, dass jemand niemals lächelt.«

»Ich lächle oft.«

»Ja, nicht zu überhören«, sagt er. Und lächelt hörbar. »Ich find es gerade schön, dass ich nicht weiß, wie du aussiehst, und du nicht weißt, ob ich mal häufiger trainieren sollte. Ist das in Ordnung?«

»Ja, klar. Okay.« Und mehr fällt mir auch nicht mehr dazu ein.

Kurz ist es still, und so ganz ohne etwas sehen zu können, verfolge ich, wie sich ein kleines Wesen namens Unbehagen zwischen uns quetscht, als wolle es unbedingt in der Mitte sitzen.

»Und deine Bedenken?«, fragt er dann.

»Dass jetzt achtundzwanzig weitere Fragen lang diese seltsame Stimmung bleibt.«

»Oh, wow.« Er lacht auf. »Du bist direkt.«

»Ja, die Dunkelheit kann nicht alles verhüllen«, erwidere ich und frage mich, ob mein Schulterzucken für ihn so hörbar ist wie eben noch sein Brauenheben für mich.

»Wenn ich mich nicht sehr irre, wird sich die seltsame Stimmung wohl jeden Moment verdrücken«, mutmaßt er lächelnd. »Meine Bedenken sind gerade alle erstaunlich still. Aber ehe ich reinkam, hatte ich die Befürchtung, dass ich auf jemanden treffe, der oder die ein Arsch ist.«

»Du hast es also schon befürchtet. Wie geht es dir

damit, dass deine Albträume wahr geworden sind?«, frage ich mitleidig und hoffe inständig, dass man nicht zu sehr hört, dass seine weggefegten Bedenken mich so etwas wie glücklich machen.

»Ich weine später.«

Klick.

HAST DU DICH SCHON EINMAL SCHWER VERLETZT?
WENN JA, WIE IST DAS PASSIERT?

Automatisch ziehe ich zischend die Luft ein.

»Oh«, macht er.

Ich schlucke und entlasse die schwere Luft wieder aus meinen Lungen. Ein bisschen zittert sie, als fürchte sie sich in der Dunkelheit. »Handball-Viertelfinale, Foul, der Torpfosten und ich.«

Sein »Autsch« unterscheidet sich nicht sehr von meinem Zischen. »Will ich wissen, wer gewonnen hat?«

»Der elende Pfosten hat nicht einmal einen mickrigen Kratzer davongetragen, ich einen komplizierten Armbruch, der aber zu unser aller Überraschung trotz der Tragik nicht in ein Tagebuch gefunden hat. Seitdem? Kein Handball mehr«, sage ich mit belegter Stimme.

»So ne Scheiße.« Dass das Wort *Scheiße* so mitfühlend klingen kann, macht es zu meinem temporären Lieblingswort.

»Hm. Ja.« Lange hat mir der Sport nicht mehr so sehr gefehlt wie in diesem Augenblick. Womöglich habe ich einfach schon sehr lange nicht mehr darüber gesprochen. »Und du?«

»Gehirnerschütterung und gebrochene Nase nach einem Treppensturz. Ich wünschte, es klänge wenigstens heroischer – so nach deiner Geschichte.«

»Wir können sagen, du hättest einen Welpen retten wollen und wärst dabei gestürzt.«

»Na ja, einer alten Dame war die Handtasche geklaut worden«, erwidert er. »Ich hätte den Dreckskerl beinahe bekommen, hab aber die oberste Stufe nicht gesehen.«

»Aber das ist doch heldenhaft.« Ich klinge ein bisschen verknallt oder so.

»Ja. Ist halt nur gelogen.«

Ich lache auf.

»Nur der Teil, dass ich die oberste Stufe nicht gesehen hab, der ist wahr.«

»Das war doch der heldenhafteste Teil an der Geschichte«, erwidere ich in gespielter Irritation. »Wen interessiert schon die Oma?«

Nun lacht er, und ich höre so gern zu.

Klick.

Ich pruste los. »So viel dazu, dass hier das Offensichtliche wegfällt. Wie antwortet man denn auf so eine blöde Frage?«

»Ja, ich bin raus«, sagt er auf eine Weise, dass ich seine abwehrend erhobenen Hände geradezu vor mir sehen kann. »War super schön, dich kennengelernt zu haben.«

»Interessiert es dich tatsächlich gar nicht, wie ich aussehe?«

»Vielleicht finde ich andere Dinge einfach wichtiger? Das macht doch den Reiz hier aus.«

»Hm«, brumme ich in mich hinein.

»Was?«

»Ich überlege nur gerade, ob das eine Masche ist, weil man hier so herrlich lügen kann.«

»Ich finde lügen gar nicht so reizvoll. Ich meine nur, das hier ist so ein Nicht-Müssen-Raum.«

»Hm.«

»Was ist das nur mit dieser Frage und diesem Laut?«

»Los, Levi, rück mit der Sprache raus. Wie gut aussehend bist du?«

»Man sagte mir, ich sähe ganz passabel aus.«

»Ha«, rufe ich. »Das gilt nicht! Es geht doch gerade darum, sich selbst einzuschätzen.«

»Es geht darum, man selbst zu *sein*. Ehrlicher Austausch haben sie gesagt«, korrigiert er mich. »Und ich bin nun einmal der Typ, der andere zitiert, wenn es um sein Aussehen geht.« Es schwingt eine leise Aggression mit, die ich beim besten Willen nicht einordnen kann. War ich mit meiner Forderung zu forsch? Bis jetzt wirkte er nicht wie der Typ, der nicht einstecken kann.

»Sorry«, murmelt er. »Ich geb mir einfach ne Sechs und lass dich entscheiden, ob ich ne Drei oder ne Acht bin. Falls du mich jemals im Licht siehst.«

»Und wenn ich dir nur eine Eins oder Zwei gebe?«

»Dann bist du ein zutiefst gemeiner Mensch«, erwidert er auf eine Weise todernst, dass ich grinsen muss.

»Oder eine Zehn?«

»Für so anspruchslos halte ich dich nicht. Und jetzt rück du schon mit der Sprache raus. Was bist du, Juna? Eine Zwölf?«

Ich lache auf. »Bestimmt nicht. Tatsächlich hätte ich mir auch eine Sechs mit einer leichten Tendenz zur Sieben gegeben. Aber um nicht nachzuplappern, sage ich sechs Komma fünf.«

»Meinst du, wir schlafen heute zu Hause?«, fragt er.

»Meinst du etwa, die schließen irgendwann einfach ab?«

»Den Raum oder das Institut?«

»Macht das für dich einen Unterschied?«

»Was auch immer sie abschließen«, erwidert er. »Wenn wir hier festsitzen, bekommst du das Sofa und ich schlaf auf dem Boden. Deal?«

»Deal.«

Klick.

2. AUF EINER SKALA VON 1–10: WIE LIEBENSWERT BIST DU?

»Shit, was geht denn hier ab?«

Ich lache auf. »So schlimm? Ich sag, ich bin eine Acht Komma fünf.«

»Wow.«

»Was?«, frage ich verunsichert bis getroffen.

»Ich bin nur gerade ernsthaft beeindruckt. Ich glaube, ich kenne keine Frau, die sich auch nur eine Sieben geben würde. Zumindest nicht öffentlich.«

»Traurig.«

»Ja. Umso schöner, dass ich hier einem so seltenen Exemplar gegenübersitze.«

»Und? Was gibst du dir?«, will ich wissen.

»Eine solide Sieben Komma fünf. Ich hab manchmal echt unliebenswerte Tage, dafür rocke ich an anderen die Neun. Weiter?«

»Noch ein Zusatz: Ich glaube, dass Menschen, die keine unliebenswerten Tage haben, sich selbst nicht sonderlich leiden können, weil sie alles in sich hinein-fressen. Weiter.«

»Hm, interessante These. Vermutlich.«
Klick.

»Sorry«, beginnt er, »aber ich finde die Skala-Fragen so dämlich. Ich meine: von wem? Und was heißt Zuwendung? Ich bin ja kein Hund oder so, mit dem man Gassi gehen und dem man Stöckchen werfen muss.«

»Hast du nicht eben noch gesagt, du wärst ein Hund?«

»Hat das der Affe in dir gesagt? Und gibt es eigentlich eine weibliche Form von Affe? Affin? Äffin?«

»Ja und äh … Weiß nicht?«

»Na dann … Also zum Beispiel bei echten Freunden will ich, dass sie mir auch an den unliebenswerten Tagen zuhören, an denen ich verbal den Teppich vollpinkle.«

»Verbal den Teppich vollpinkelst?« Ich bin mir nicht sicher, ob er mich bei meinem Gegackere verstehen konnte.

»Ja«, erwidert er jedoch lachend. »Was mach ich denn jetzt daraus?«

»Keine Ahnung, ich fass das lieber nicht an.«

Er lacht lauter. »Vier. Ich wähle die Vier und wringe den Teppich aus, während du überlegst.«

Ich gebe ein paar Würgegeräusche von mir, die in

ihrem Mix mit dem einfach nicht verebbenden Lachen jedoch mit großer Wahrscheinlichkeit ihre Wirkung verlieren.

»Drei«, bringe ich dann mit Mühe hervor.

Klick.

4. AUF EINER SKALA VON 1–10: WIE EHRGEIZIG BIST DU?

»Acht«, sagen wir wie aus einem Mund.

»Wohoo«, ruft er und ich wünschte, ich könnte sehen, ob das Ruckeln des Sofas heißt, dass er gerade den Arm in die Luft reckt. »Mach dir keine Sorgen, liebes Bett. Ich werde heute Nacht da sein.«

Klick.

5. AUF EINER SKALA VON 1–10: WIE HEIL BIST DU?

»Ach, du lieber Himmel.« Wenn ich den gedämpften Ton richtig deute, stöhnt er in seine Hände. »Und dann weiß man nicht einmal, wie viele Fremde einem grad zuhören.«

»Ich sag mal acht«, erwidere ich grinsend. »Und lustig, aber ich hab grad echt die lauschenden Psychologen vergessen. Mich irritiert nur zwischendurch die Dunkelheit. Da fehlt einem doch eine ganze Menge.«

»Echt? Ich denk ständig an diese Spanner.«

Nun muss ich lachen.»Komm schon, es ist nur eine Zahl.«

»Sechs?« Er klingt, als sollte ich mein Häkchen drunter setzen. *Sechs passt schon.*

»Kriegst du.«

»Yay. Meinst du, die Fragen waren eigentlich mal so gedacht?«, überlegt er.»Also einfach raushauen und gut ist's?«

»Wir werden es nie erfahren.«

»Vielleicht besser so.«

Klick.

6. AUF EINER SKALA VON 1-10: WIE GUT KANNST DU ZUHÖREN?

»Neun Komma fünf.«

»Wow«, mache dieses Mal ich beeindruckt.

»Keine sehr männliche Antwort, hm?« Doch er lächelt. So ein ganz klein wenig Licht wäre gerade wirklich schön. Nur ganz kurz. Vielleicht genau dieses Lächeln lang.

»Eine grandiose Antwort. Ich muss mir ehrlicherweise eine Sieben Komma fünf geben. Manchmal plappere ich zu viel. Aber ich hoffe, wenn es drauf ankommt, bin ich eine Zehn.«

Klick.

»Superheld«, beginnt er. »Weil die einfach super sind, schätze ich.«

Ich lache. »Klingt schon super, würde ich behaupten. Was wolltest du können?«

Kurz zögert er. »Ich wollte immer so eine Maske mit Löchern, die ich umbinde, und dann kann ich durch Wände gucken.«

»Was fandest du daran so toll?«

»Niemand konnte mir das Gegenteil beweisen, verstehst du? Ich glaube, das mochte ich am liebsten daran. Nicht so, wie wenn man zum Beispiel behauptet, man könnte sich wegbeamen, nur steht man dann dummerweise immer noch da. Meine Mutter hat mir eine genäht – im Übrigen war sie rot, ist also echt eine grandiose Farbe. Und ich hab sie ständig angezogen und allen erzählt, was ich sehe, und niemand konnte mich korrigieren. Ein Traum.«

Bei seinen letzten Worten wird mir ganz heimelig im Herzen. Er spricht sie aus, wie ich seufze, wenn ich bei meinem Lieblingsitaliener vor dieser Pasta mit Ziegenkäse, Knoblauch und Tomaten sitze.

»Der einzige Allwissende in jedem Raum der Welt«, erwidere ich lächelnd.

»Klar.« In seiner Stimme schwingt ein Schulterzucken mit. Es ist wirklich erstaunlich, wie viel Mimik, wie viel Gestik eine Stimme haben kann. Seine ist so facettenreich, als säße ich nur im Dunkeln, um auf der Leinwand einen grandiosen Film mit Überlänge zu verfolgen.

»Na, dann erzähl mir mal, was du durch die Wand hinter dem Sofa siehst.«

»So langsam würde ich doch lieber all das sehen, was vor der Wand ist«, erwidert er zögerlich.

Ich presse die Lippen aufeinander, und für ein bis drei Sekunden schließe ich die Augen. Weil ich das hier kann, Worte nachhallen lassen, ohne dass es jemand merkt. Das ist der Moment, in dem ich die potenzielle Schönheit von Finsternis begreife.

»Schätze, auch das Sofa ist rot.« Erst als er das sagt, mit leise mitschwingender Unsicherheit, wird mir bewusst, dass ich nicht reagiert habe. Und er hier mit keiner Augenbinde der Welt den seligen Widerhall in mir erkennen kann.

»Das Sofa ist das Interessanteste?« Er muss mein Lächeln hören.

»Ein definitives Nein«, sagt er leise, aber bestimmt und lenkt dann halbwegs elegant von sich ab. »Was wolltest du werden?«

»Ehrlich gesagt wollte ich tausende Dinge werden.«

»Ganz unterschiedliche oder alle in eine Richtung?«

»Lass mich überlegen: Polizistin, Nonne ...«

»Nonne?«, fragt er ungläubig.

»Ja, tatsächlich. Meine Inspiration war Clara Fey, die während der Industrialisierung für Waisenkinder und die Kinder armer Eltern eine Armenschule gegründet hat. So etwas hatte ich im Sinn. Ich wollte auch Feuerwehrfrau werden und Entwicklungshelferin. Auch wenn ich mir recht sicher bin, dass ich dachte, ich verteile einfach Essen an Hungernde.«

»Na toll. Eine Frau mit Helferinnenkomplex.« Er seufzt gequält.

»Gar nicht«, erwidere ich spontan und denke dann kurz über meine Aufzählung nach. »Bin ich das?«

»Was studierst du?«

»Medizin.«

»Brauchen Sie noch einen Moment, um das einzusortieren, oder sind Sie so weit?«, will er höflich wissen.

»Ist das denn schlimm, wenn man gern hilft? Ich meine, ist das nicht an sich etwas Gutes?«

»Kommt drauf an, wie man das auf sein Leben überträgt, würde ich behaupten.«

»Wie meinst du das?«

»Wenn daraus resultiert, dass du dich nur mit denen umgibst, die hilfsbedürftig sind, um damit als die Gute und Starke aus jeder Situation rauszugehen, dann ist das verdammt uncool.«

Langsam sinke ich zurück in die Polster. Ich bin wie vor den Kopf gestoßen. »So bin ich nicht«, erwidere ich erst leise, dann noch einmal entschieden. »So bin ich nicht. Ich sehe es vielmehr so, dass ich helfen kann, weil ich glaube, stabil zu sein. Ich kann abends nach Hause gehen, ohne dass mich ein harter Job und das, was ich dort erlebe, zerbricht. Welcher der Jobs, die ich aufgezählt habe, ist leicht?«

»Keiner«, erwidert er kleinlaut. »Sorry. Ich hab mich grad selbst überrumpelt irgendwie.«

»Aber wieso?«

Er zögert. »Miese Beziehung?«

Uff. »Dann solltest du das mit deiner Freundin besprechen und mir nichts von Dingen vor Wänden erzählen«, erwidere ich ernst.

»Ach so, haha.« Es klingt freudlos. »Eine miese Beziehung, die ich vor Monaten hinter mir gelassen habe.«

»Oder auch nicht hinter dir gelassen hast, wie sich gerade zeigt?«

»Hm«, macht er, und ich stelle mir vor, wie er abwägend den Kopf hin und her wiegt. Seltsam, wie sogar unterschiedliches Schweigen auch unterschiedliche Bilder heraufbeschwören kann. »Die Frau schon, den Groll offenbar noch nicht, ja.«

»Was hat sie denn gemacht?«

»Wollen wir jetzt ernsthaft über meine Ex reden?«

»Keine Ahnung. Willst du?«

»Ich höre da so einen Anflug von Helferinnenkomplex heraus.«

»Du hast doch mit ihr angefangen.«

»Weil du gefragt hast und ich nicht lügen wollte.

Nicht weil ich dir mein Herz über eine Verflossene aus-schütten wollte.« Ja, auch Herumgefuchtel und Augen-rollen kann man echt wahrnehmen.

»Okay.«

Was folgt, ist Schweigen.

»Was war überhaupt noch mal die Frage?«, will er dann wissen.

»Was wir als Kind werden wollten.«

»Irgendwie hat deine Kindheit eine seltsam zerstö-rerische Wirkung. Bist du dir sicher, dass sie glücklich war?«

»Ja, schon. Denke ich«, erwidere ich amüsiert.

»Weiter?«

Dass man ein Lächeln hören kann, war mir immer klar. Aber zum ersten Mal will ich unbedingt herausfin-den, woran. Und noch mehr, wie es in diesem Fall aus-sieht.

»Weiter.«

Klick.

JEDER VON EUCH MACHT DREI AUSSAGEN ÜBER SICH SELBST – ERST DIE
EINE PERSON DREI, DANN DIE ANDERE. EINE DAVON SOLL WAHR SEIN,
ZWEI ERFUNDEN. DAS GEGENÜBER MUSS AM ENDE RATEN, WELCHE
AUSSAGE DER REALITÄT ENTSPRICHT.

»Ich sollte dich vorwarnen: Ich bin echt gut darin, Lügen zu enttarnen. Also los«, gibt er mit einem Händeklatschen den Startschuss und schweigt dann.

»Weil du mich jetzt so motiviert hast, soll ich anfangen?«, frage ich ungläubig.

»Soll ich anfangen?«

»Wenn es dir nichts ausmacht ... Moment, jetzt bin ich mir nicht sicher, ob das eine Falle ist und du mich nur verunsichern willst, um einen Wettbewerbsvorteil rauszuschlagen. Also was wäre besser für mich?«

»Gut, dass du die Dinge in den meisten Fällen nicht zerdenkst«, erwidert er aufs Ironischste beeindruckt.

»Fang du an«, entscheide ich seufzend. »Warte – ich muss mir noch meine Superheldinnen-Kopfhörer aufsetzen, mit denen ich alle Untertöne höre.«

»Fertig?«

»Passen perfekt. O Mann, wenn du mich jetzt sehen könntest ... Sie sehen fantastisch aus, und sie sind himmelblau.«

Er lacht leise, dann beginnt er zu sprechen. »Ich studiere Gitarre an der Musikhochschule, und mein großer Wunsch ist es, mal einen Song zu schreiben, der der Untermalung einer Liebeszene dient.«

Er macht eine kurze Pause, in der ich leise vor mich hin lachen darf. Denkt man sich so etwas aus?

»Ich kann nicht Fahrrad fahren. Habe es nie gelernt.«

Wieder eine Pause. Das ist so absurd, dass es schon wieder wahr sein muss.

»Ich lese als Erstes den letzten Satz eines Buches.«

Okay, das ist nicht weniger absurd.

»Und los.« Er klatscht ein weiteres Mal herausfordernd in die Hände.

»Mein Meerschweinchen hieß Wolfgang.«

Ich bemühe mich, in der Pause nicht herumzuzappeln.

»Seit dem Handball-Desaster spiele ich Fußball.«

Angestrengte Pause.

»Das Beste an Friseurterminen finde ich das Durchblättern der Promizeitschriften.«

»Du rätst zuerst?«, fragt er.

»Okay. Hm ... Bist du dir sicher, dass nur zwei der Dinge falsch sind?«

Er lacht auf. »Ja, tatsächlich.«

»Äh ...« Puh. »Du liest den letzten Satz eines Buches zuerst.«

»Falsch.« Oh, das macht ihm hörbar Freude.

»Sondern?«

»Gib mal deine Hand.«

»Wieso?« Konnte man dieses nervöse Vibrieren echt hören? Wie peinlich ...

»Ich tu dir schon nichts.«

»Dem Klang nach war das auf deinem Gesicht gerade ein Wolfsgrinsen.«

Er lacht leise, doch als sich meine Finger über die glatte Oberfläche des Sofas tasten, treffen sie erstaunlich schnell auf seine. Er nimmt meine Hand auf, behutsam wie einen verletzten Vogel, dann fahren seine Fingerkuppen über meinen Handrücken.

Im ersten Moment weiß ich gar nicht, was er da tut. Nur dass es so überraschend schön ist, dass ich mich zusammenreißen muss, nicht geräuschvoll nach Luft zu schnappen.

Im nächsten Moment verstehe ich. Die rauen Fingerkuppen ...

»Du spielst Gitarre«, wispere ich. Und muss mit einem Mal doch mehr an die zu untermalende Liebesszene denken als an ein Instrument.

Ihm entkommt ein lächelndes Ausatmen, ehe er meine Hand wieder vorsichtig ablegt. Die letzten ein, zwei Sekunden, die unsere Hände noch nahe beieinanderliegen, wären eigentlich nicht nötig. Ein, zwei Sekunden sind ganz schön lang. So schön lang.

»Wolfgang also ...«, sagt er da. »Du hast einfach schon zu viel von dir preisgegeben, als dass ich mir nicht sicher wäre, dass du keine Witze über dein verstorbenes Meerschweinchen machen würdest.«

Dass er verstorben statt tot sagt, ist ganz schön niedlich. »Und nur so nebenbei: Wolfgang ist ja wohl einer der coolsten Namen, die man einem flauschigen Nagetier geben könnte.«

»Wenn du es sagst«, murmle ich mit einem Herzen so offen wie eine klemmende Flügeltür. Wenn er das nicht gehört hat, ist er taub.

»Sag: Richtig, lieber Levi.«

»Halt die Klappe, lieber Levi«, säusle ich.

»Ich nehme das als Zustimmung.«

Ich nuschle irgendwelche Silben in mich hinein, die nicht einmal ich verstehe.

Klick.

WÜRDEST DU DICH EIN JAHR LANG MIT MENSCHEN, DIE DU NICHT MAGST, IN EINEM KLEINEN HAUS EINSPERREN LASSEN, WENN DU DAFÜR SO VIEL GELD BEKÄMST, DASS DU DAVON ZEHN JAHRE SORGENFREI LEBEN KÖNNTEST? FALLS JA, WIE WÜRDEST DU DIE ZEIT VERBRINGEN?

»Nein«, echauffieren wir uns gleichzeitig.

»Herrgott, wer sagt denn da Ja?«, frage ich verstört.

»Ich will mir den Menschen gar nicht so genau ausmalen.«

Klick.

WIE WÜRDEST DU GERN WOHNEN, WENN ALLES MÖGLICH WÄRE?

»Ganz ehrlich?«, beginnt er. »Ich hab keine Ahnung. Ist mir so überhaupt nicht wichtig. Mit meiner Familie, die ich irgendwann hoffentlich mal habe. Ich glaube, da wäre mir der Rest egal.«

»Klingt schön, die Antwort«, erwidere ich womöglich ein bisschen zu angetan. »Ich fände ein Fachwerkhaus toll. Da wollte ich als Kind immer drin wohnen. Gleichzeitig mag ich hohe Decken. Das ist wohl schwierig. Kann man sich das bauen lassen?«

»Frag mich nicht. Aber hieß die Frage nicht *wenn alles möglich wäre* oder so?«

»Stimmt. Ein Fachwerkhaus mit hohen Decken also.«

»Ich hätte gern nen Whirlpool, überleg ich grad. Darf ich den noch zu der Familie hinzufügen?«

»So einen im Bad oder draußen?«

»Wieso kleckern, wenn man klotzen kann? Ich nehm beides.«

»Familie plus zwei Whirlpools. Wird genehmigt.«

»Zu großzügig.«

»Hab einen meiner schrecklich liebenswerten Tage.«

»Merk ich schon. Mindestens ne Zehn.«

Da ist es wieder – sein Lächeln. Oh, ich mag sein Lächeln. »Weiter?«

»Gern.«

Klick.

WENN DU FÜR EINEN MONAT EIN EHRENAMT ÜBERNEHMEN MÜSSTEST,
FÜR WELCHES WÜRDEST DU DICH ENTSCHEIDEN UND WIESO?

»Irgendwie ganz witzig, dass es Ehrenamt heißt und man dann dazu gezwungen werden muss. Echt ehrenhaft«, überlege ich.

»*Du kümmerst dich um verwaiste Hunde-Babys?*«, fragt er, als wäre er ein verknalltes Teenie-Mädchen. »*Nur weil man mich zwingt, Süße*«, lässt er dann den ultracoolen Gangster raushängen.

»Du meinst, es gibt da draußen irgendwo die Möglichkeit, mich um verwaiste Hunde-Babys zu kümmern, und niemand hat mich informiert? Ich muss hier raus!«

»Okay, einmal die verwaisten Hunde-Babys für die Lady.«

»Und du?«, will ich wissen.

»Wär cool, wenn ich irgendwas mit Musik machen könnte. Meinst du, Welpen mögen Gitarrenklänge?«

»Klar, komm einfach mit. Hoffe nur, sie fallen nicht alle übereinander her je nachdem, welchen Soundtrack du da zum Besten gibst.«

Er lacht los. »Es sind Babys!«

»Ich dachte an die Helfenden dort.« Leider fällt mir zu spät auf, wie mir das ausgelegt werden kann.

»Dich?«, fragt er auch gleich. Wenn ich das richtig einschätze, hebt sich dieses Mal nur eine Braue. Die aber besonders hoch.

»Na ja, eher so an die anderen. Ich wäre zu eingenommen von den Welpen.«

»Soso ...« Nun hebt er wohl noch die andere Braue dazu.

Hektisch taste ich auf dem Sofa herum, bis ich den Knopf finde.

Klick.

Ich stoße die Luft aus und überlege angestrengt. Er scheint dasselbe zu tun.

»Krasse Frage«, murmle ich irgendwann. »Ich springe die ganze Zeit herum. Bis jetzt bin ich bei: O Gott, nicht aufs Fühlen. Und nicht zu sehen, das fänd ich auch zu krass.«

»Ohne das Hören gäbe es für mich keine Musik mehr«, sagt er ernst. »Fühlen ist gar nicht vorzustellen. Schließlich kann man alle anderen Sinne mal ausblenden, aber das Fühlen?«

»Wenn einem der Arm eingeschlafen ist.«

»Aber dann fühlst du ganz viel anderes gleichzeitig. Dass du ihn wachzuklopfen versuchst. Dass du irgendwo aufliegst, stehst, sitzt. Auch wenn man grad nicht darauf achtet, ist es da.«

»Stimmt. Nicht schmecken nähme mir auch echt viel. Ich liebe gutes Essen. Und manchmal auch viel zu schlechtes.«

»Kenn ich.« Kurz ist es wieder still. »Sehen«, entscheidet er sich dann zu meiner Überraschung plötzlich.

»Kein Himmelblau mehr«, gebe ich zu bedenken.

»Sehen«, wiederholt er.

»Nach dieser Erfahrung hier echt nicht. Ich käme mir so ausgeliefert vor da draußen in der Welt. Ich wähle riechen.« Wenn auch nicht unbedingt gerade. Weil da immer noch dieser unglaublich grandiose Geruch in der Luft hängt. Nach ihm.

»Okay«, sagt er nur.

Klick.

WENN DU ENTSCHEIDEN MÜSSTEST, OB DU EIN JAHR LANG JEDEN TAG KOPFSCHMERZEN ODER JEDE NACHT ALBTRÄUME HÄTTEST, WOFÜR WÜRDEST DU DICH ENTSCHEIDEN?

»Ich will das nicht, Levi«, jammere ich. »Allein bei dem Gedanken daran zieht sich alles in mir zusammen. Das wäre beides echt grauenvoll.«

»Es ist nur Fiktion.« Es klingt, als hätte seine Stimme in Eiswasser gebadet. Dabei haben wir doch gar nicht über meine Kindheit geredet.

»Hast du dich nicht eben noch über das Skala-Zeugs aufgeregt?«, frage ich in dem vorsichtigen Versuch, ihn wieder ein wenig aufzutauen.

»Die Fragen waren ja auch nicht fiktiv.« Zumindest klingt er wieder lauwarm.

»Na, wenn es so einfach ist ...« Dieses Mal klatsche ich in die Hände. »Go!«

»Albträume.« Die Selbstverständlichkeit, mit der er es sagt, irritiert mich.

»Wieso?«

»Ich vergeude lieber die Zeit, in der ich schlafe, als die, in der ich wach bin. Außerdem bin ich länger wach.«

»Hm«, mache ich. »Ich finde Albträume manchmal schon sehr anhänglich, auch wenn man schon lange wieder wach ist. Außerdem bekommt man vermutlich auch Kopfschmerzen, wenn man ständig mies schläft.«

»Na ja, sie sagen entweder oder. Das heißt wohl, dass man nicht Albträume und Kopfschmerzen hat.«

»Hm. Dagegen lässt sich nicht wirklich argumentieren. Ich nehme auch die Albträume.«

»Nachmacherin.« Aber dieses gemeinste Wort all derer, die in den vergangenen Minuten zwischen uns gefallen sind, klingt irgendwie am versöhnlichsten.

»Ich bin nun mal ein Mensch, der sich von Logik überzeugen lässt. Bis eben dachte ich, das wäre eine ganz wunderbare Eigenschaft.«

»Weiter?« Endlich lächelt er wieder.

»Weiter.«

Klick.

WAS IST DER GRÖßTE TRAUM, DEN DU DIR JEMALS ERFÜLLT HAST? WAS IST DER GRÖßTE TRAUM, DEN DU DIR NOCH ERFÜLLEN MÖCHTEST, UND WIESO HAST DU IHN DIR BISLANG NICHT ERFÜLLT?

»Das Studium«, sagt er. »Dass ich bei der Musik geblieben bin trotz allem, was die Vernunft und ein paar Menschen dazwischengelabert haben.«

»Was haben sie denn dazwischengelabert?«

»Dass ich es nicht schaffe. Dass es sowieso kaum jemand schafft, von der Musik zu leben. Ich glaub halt nur, dass es manchmal nicht darauf ankommt, wie gut man *von* etwas lebt, sondern darauf, wie gut man *mit* etwas lebt. Falls du verstehst, was ich meine.« Der letzte Satz klingt, als wäre er ein paar Zentimeter zurückgerudert.

»Klar versteh ich das.«

»Und wieso ich noch nicht dieses Song-für-Liebesszene-Ding gemacht hab – na ja, Hollywood ist manchmal etwas langsam.«

Ich lache auf. »Ach, es muss gleich Hollywood sein?«

»Muss es nicht. Aber ich würde auch nicht Nein sagen, wenn sie ganz lieb bitten.«

»Aber nur dann.«

»Natürlich nur dann.«

»Und wer soll sich da in den Laken wälzen?«

»In den Laken wälzen«, wiederholt er abfällig. »In den Laken wälzen. Juna ...«

»Wow, du hast grad geklungen wie meine Mutter, als ich gesagt habe, ich breche die Schule ab, um Profisportlerin zu werden.«

»Ich rede von Winona Ryder, Ethan Hawke, *Reality Bites*.«

»Tja, und ich hab leider nicht den leisesten Schimmer, wovon du redest«, gebe ich zu.

»*Reality Bites*? Der Film mit Winona Ryder und Ethan Hawke?«, wiederholt er, als hätte er eben einfach nur zu undeutlich gesprochen.

»Kenne ich nicht.«

Sein »O Mann« ist ein einziges Haareraufen.

»Von wann ist der?«

»Mitte der Neunziger.«

»Ich bin erst 1999 geboren.«

»Ich auch. Schon mal was vom Mauerfall gehört?«

»Willst du mir gerade ernsthaft sagen, dass dieser Film mit dem Mauerfall zu vergleichen ist?«, frage ich ungläubig.

»Nein. Ich will nur sagen, dass das Alter keine Entschuldigung für Ignoranz ist.«

»Okay.« Ich rolle ausgiebig mit den Augen. »Also ... Was ist mit dem Film?«

»Na ja, solche Liebesszenen gibt es heute vermutlich nicht mehr. Du siehst nur ihre Gesichter im Profil, und der Dirty Talk besteht aus dem Geständnis, dass er das schon seit Jahren wollte.«

Kurz lasse ich das Gehörte sacken. »Gut, ich geb dem Film ne Chance.«

Er lacht auf. »Einer deiner liebenswerten Momente, ja?«

»Ohne Frage.« Kurz zögere ich, dann kratzt die Frage doch zu penetrant im Hals, um sie nicht rauszulassen. »Auf einer Skala von eins bis zehn: Wie gut spielst du?«

»Dein Ernst?«, fragt er fassungslos. »Du verhunzt etwas, was ich liebe, mit diesem Eins-bis-zehn-Mist?«

»Sorry. Ich ziehe die Frage zurück.«

»Will ich dir auch geraten haben. Und?«, fragt er dann. »Was war es bei dir?«

»Ich glaube, als ich nach dem Abi nach Island gereist bin. Ganz allein. Seit meiner Kindheit war ich komplett fasziniert von dem Land, aber nie wollte jemand mit. Und nach dem Abi flogen alle in die Sonne, um zu feiern, aber ich dachte: *So viel Zeit wirst du ewig nicht mehr haben.* Ich hatte so Schiss, weil ich echt nicht gut bin im Alleinsein – vor allem damals. Aber es war richtig, dass ich auf mein Bauchgefühl gehört hab. Mir so extrem selbst zu begegnen hat mir echt geholfen, mir wieder nahezukommen nach dem ganzen Stress.«

Stress …

»Klingt gut.« Und das klingt erstaunlich wehmütig.

»Warst du schon mal dort?«, rate ich ins Blaue hinein.

»Ich hab einen Bildband und wäre so gern mal hingeflogen.«

»Du hast doch noch Zeit«, sage ich sanft. Doch mit einem Mal fühle ich mich erstaunlich unbeholfen. Und das Seltsamste an all dem ist wohl, dass ich das Gefühl habe, das in mir, das ist gar nicht recht meine Hilflosigkeit. Es ist seine, die nur von ihm zu mir über das Sofa gekrabbelt ist, um bleischwer mein Herz zu umschließen.

»Ja«, murmelt er, »vielleicht eines Tages.« Er räuspert sich leise. »Und was ist der größte Traum, den du dir noch nicht erfüllt hast?«

»Tibet. Ich würde gern mal nach Tibet.« Nach dem, wie er eben auf Island reagiert hat, bin ich unsicher. Jedes Wort erscheint mir wie ein Schritt auf Glatteis, ohne dass ich recht wüsste, wie ich auf diesem zugefrorenen See gelandet bin. »Ich spare noch. Und vermutlich will ich auch nicht allein hin.«

»Versteh ich. Weiter?«

»Ja«, erwidere ich leise und fühle mich durch und durch eigenartig.

Klick.

WELCHE SÄTZE MACHEN DICH WÜTEND? ZÄHLT ABWECHSELND AUF.

»Oh, da wären wir wieder an dem Punkt: Was soll nur aus dir werden?«

»Levi?«, frage ich leise.

»Juna?« Es klingt ein bisschen amüsiert. Und doch spielt mein Kopf ganz ungefragt ein paarmal unsere letzten beiden Wörter ab. Nur so testweise.

Levi und Juna.

Levi und Juna.

Levi und Juna.

Und ein bisschen will ich noch zuhören, und ein bisschen wünsche ich auch, mein Kopf würde einfach damit aufhören. Weil ich mir komplett lächerlich vorkomme.

Levi und Juna …

»Ich würde dich echt gern mal spielen hören«, stoppe ich das Namenskarussell in meinem Kopf.

»Vielleicht. Irgendwann.« Aber endlich kann ich wieder sein sanftes Lächeln hören. »Ich schick dir ein Ticket, wenn es so weit ist.«

Die Idee lässt auch mich lächeln. Oder ist es in erster Linie sein Lächeln, das mich lächeln lässt? Wie auch immer …

»So etwas machen Mädchen nicht.«

»Was?«, fragt er irritiert. »Sich von einem Typen zur Premiere des Films einladen lassen, für den er eines Tages den Soundtrack schreiben wird?«

Ich lache auf. »Das war ein Satz, den ich nicht leiden kann.«

»Ach so.« Auch er lacht – kurz, aber ganz schön grandios. »Was solltest du denn nicht?«

»Handball spielen.« Ich verdrehe die Augen.

»Das ist aber auch nichts für Mädchen.«

Wie sehr ich diese Ernsthaftigkeit mag, die so echt klingt und sich doch durch irgendetwas, was ich nicht zu fassen kriege, regelmäßig als Ironie zu erkennen gibt. Ob es seine Mimik ist, die ich nicht sehen kann, die jedoch die Fähigkeit besitzt, sich so konsequent zwischen Buchstaben zu quetschen?

Verfluchte Dunkelheit …

»Achtung«, warne ich ihn. »Ich ziele immer noch echt gut.«

»Du hast eine beängstigend finstere Seele, Juna.«

Mein Zeigefinger tippt nachdenklich gegen meine Lippen. »Vielleicht ist der Raum hier nur ein Abbild meines Innenlebens?«

»Lunge, Leber, Finsternis. Schon kapiert.«

Ich lache auf.

»Aber ich nehme es hin, denn *ein guter Soldat stellt keine Fragen.*« An der plötzlich dunkleren Stimmfarbe ist nicht zu überhören, dass er jemanden zitiert.

»Der ist ja grauenvoll. Und meine nächste Frage: Wer, bitte, will ein guter Soldat sein?«

»Ha! Genau das hab ich auch gefragt.«

»Wen?«

»Meinen Opa.«

»O Mann.«

»Ja.«

»Ich bin nicht wütend, ich bin nur enttäuscht.«
Er lacht auf. »Klassiker. Sagen das auch Männer?«

»Ich hab das ehrlich gesagt nur gestern beim Einkaufen eine Frau zu ihrem Mann sagen hören.«

»Ich hoffe, er hat den Unterschied verstanden.«

»Es wirkte so, ja. Er wurde plötzlich ganz friedlich. Schließlich ist Enttäuschung kein Ding.«

»Willst du noch ein satzförmiges Kindheitstrauma in den Ring werfen oder machen wir weiter?«

»Gott bewahre«, rufe ich. »Wir wissen doch, wo das endet. Weiter.«

Klick.

14

WÜSSTEST DU GERN, WANN UND WIE DU STIRBST, AUCH WENN DU ES NICHT VERHINDERN KÖNNTEST?

»Nein. O Gott!«, brüllt er. »Hört auf! Was haben diese Psycholeute für ein abgrundtiefes Problem? Und wieso hassen sie uns so, so sehr?«

Ich muss so lachen, dass ich beinahe vom Sofa falle.

»Scheiße, dein Lachen ist so genial«, murmelt er.

Ich verstumme. Und weiß gar nicht, was ich sagen soll. »Danke?«, versuche ich mich etwas überrumpelt.

»Okay, also ich will das definitiv nicht wissen.«

»O nein!«

»Was?«, fragt er alarmiert.

»Ist das hier so ein wahrgewordener Horrorfilm? Ist es nur der Anfang einer Todesjagd gegen uns?«

»Ey, ich hab mich lang nicht mehr im Dunkeln gefürchtet, aber ohne Mist, du hast es grad geschafft. Sag Ja oder Nein, und dann drück ich diesen elenden Knopf. Ich will hier endlich raus.«

»Dir ist klar, dass du dann nur früher draufgehst?«

»Juna!« Es klingt, als wäre ich ein Hund, der gerade an Aas genagt hat. *Aus, Juna, aus!*

»Du liegst mir mittlerweile einfach irgendwie am Herzen«, entgegne ich mit einem Schulterzucken. Und dieses klitzekleine Grinsen, das kriege ich auch nicht ganz von meinen Lippen weg.

»Du bist echt zu tough für mich«, brummt er. »Bist du so eine, die Dokus über Serienkiller zum Einschlafen guckt?«

»Was, wenn ich Ja sage?«, frage ich im lieblichsten Singsang.

»Dann überlege ich, ob du es bist, die das ganze Ding hier mit deinen Psycho-Freunden in die Wege geleitet hat.«

»Muahaha«, mache ich.

»Ist mir so was von egal, ob du antwortest oder nicht. Ich drücke in zehn, neun, acht, sieben ...«

»Ich will es natürlich *nicht* wissen.«

Klick.

WAS IST DER STOLZESTE MOMENT DEINES BISHERIGEN LEBENS, DER DIR SPONTAN EINFÄLLT?

Stöhnen von der anderen Seite des Sofas.

»Welche Frage würde dir denn gefallen?«, will ich wissen.

»Pff.« Das war wohl ein verbales Schulterzucken. »Kann man nicht so ein bisschen mehr über Alltägliches plaudern?«

»Bist du Single?«, frage ich.

»Ähm«, macht er. »Ja?«

»Bist du dir nicht sicher?«

»Doch. Ja.«

Inneres Seufzen …

»Meine Theorie ist, dass hier ausschließlich Singles sitzen«, murmle ich verschwörerisch.

»Ach, echt?«

»Worauf bezieht sich dein Grinsen?«

»Darauf, dass das wohl recht offensichtlich ist. Entweder das ist so ein Kuppel-Ding oder du willst mich gerade nur von der anderen Theorie ablenken. Die mit deinem Killer-Clan.«

»Die hab ich doch selbst eingeworfen«, sage ich möglichst entrüstet.

»Ja, dass du clever bist, hab ich schon vor einer

Weile bemerkt.«

»Danke«, säusle ich übertrieben angetan, »das hast du lieb gesagt.«

»Ich meine, du wolltest mich ein bisschen leiden sehen, jetzt wirbelst du die andere Theorie auf, gleich kommst du mir wieder gruselig um die Ecke ...«

Knack. Knack. Krrr.

Ich schrecke zusammen und fahre herum. Nur Dunkelheit. Gänsehaut krabbelt über meinen Nacken bis auf meine Kopfhaut. »Gott, was war das?«, flüstere ich.

»Ach komm, tu nicht, als ob du das nicht wüsstest.« Doch auch er klingt nicht gerade, als käme er soeben aus einer Ayurveda-Sitzung.

Ich schnalze mit der Zunge, während sich mein Puls unter dem Surren der Klimaanlage wieder beruhigt.

»Freakige Psychoheinis«, knurrt Levi leise.

»Ich hab echt nichts gemacht!«

Er lacht los. »Glaubst du wirklich, ich nenne dich einen freakigen Psychoheini? Also ich meine, deutlicher als indirekt. Aber nachdem du so drauf eingestiegen bist, bist du vermutlich doch nicht ganz unschuldig.«

Knack.

Noch einmal, aber ganz leise, nun recht eindeutig aus Richtung Klimaanlage. Erleichtert lasse ich mich wieder zurücksinken. Wobei mir etwas auffällt: »Ich hab die Frage vergessen – das nur nebenbei.«

»Auch ein cooles Ablenkungsmanöver«, wirft er ein. Und schweigt dann. »Ich auch.« Wir lachen beide los.

»O verdammt. Und jetzt?«, frage ich immer noch leise glucksend.

»Wie sind wir denn an diesen Punkt der Unterhaltung gelangt? Moment … Deine Theorie! Wie kamst du auf die Single-Sache?«

»Ha, ich weiß es wieder!«, rufe ich.

»Was zu beweisen war: Das Böse triumphiert immer. Also schieß los. Nicht wörtlich gemeint.«

»Haha«, mache ich, muss aber tatsächlich grinsen. »Ich hab nämlich gedacht, dass sich die Männchen genötigt fühlen, ihre Helden-Stories rauszukramen, um damit die Weibchen zu beeindrucken.«

Er lacht auf.

»Und du hast geseufzt. Das war der Punkt, an dem mir aufgegangen ist, dass ich dieses Kuppel-Ding immer im Hinterkopf hatte, und plötzlich dachte ich: Du bist wahrscheinlich nicht Single.«

»Ah«, macht er lang gezogen. »Der stolzeste Moment. Ich hätte im übertragenen Sinne die Neandertaler-Nummer abziehen und dich mit einer leicht überzogenen Geschichte niederknüppeln müssen, um dich in meine Höhle zu zerren.«

»Exakt.«

»Tja, das Ding hab ich dann wohl versaut.«

»Ich glaube ja, das eigentliche Problem ist, dass du zu früh die rote Superhelden-Maske ins Spiel gebracht hast. Da kann man nicht mehr viel drauflegen.«

»Shit.«

Ich hebe bedauernd die Arme und lasse sie wieder fallen.»Ja.«

»Ich weiß, ich mach es jetzt nur noch schlimmer, aber mir fällt kein stolzester Moment ein.«

»Vielleicht was mit deiner Musik?«, schlage ich vor.

»Du musst mir nicht auch noch die Keule reichen.« Er lacht ein sehr kurzes Lachen, es hat einen minimal anderen Unterton als alle vorherigen. Ich frage mich, ob ich den auch schon vor einer halben Stunde wahrgenommen hätte. Nicht nur, weil mir seine Stimme, sein Lachen mittlerweile so vertraut sind, sondern auch, weil ich am Anfang noch so oft dachte, dass es verdammt dunkel ist. Und nun sitze ich hier und genieße einfach die Begegnung mit diesem Mann und brauche kein Licht. Will es auf gewisse Weise nicht einmal mehr. Weil es so schön ist, ihn so sehr zu hören und so sehr die Präsenz eines Menschen zu spüren, von dem einen vermutlich rund ein Meter Sofa und Luft und Boden trennen. Wie seltsam nahe man sich jemandem fühlen kann, von dem man nur an der Hand und vielleicht auch ein bisschen am Herzen berührt wurde.

»Beruhigt es dich, dass mir auch keiner einfällt?«, will ich wissen.

»Du bist die, die in die Höhle geschleift wird. Das hat nicht viel mit Stolz zu tun. Füg dich einfach.«

Ich lache empört auf.»Ich erinnere mich an stolze Momente. Es ist nicht so, dass ich mein gesamtes Leben vergeigt hätte. Aber jeder kommt mir grad lächerlich vor, wenn ich ihn als *den* Moment wählen soll.«

»Erzähl sie mir einfach alle.« Wie schnell seine Stimme von Pseudo-Macho auf sanft wechseln kann, ist beeindruckend.

»Wieso?«

»Weil man selbst das Gefühl verliert für Stolz. Ich mache ehrlich *Yay* oder *Buh*.«

»Wenn du *Buh* machst, hau ich ab.«

»Ich verpacke das natürlich charmant.«

»Viel besser.«

»Ist da gerade etwas Sarkasmus von deiner Stimme aufs Sofa getropft? Ich möchte, dass du die Sauerei bitte wegwischst, ja?«

Ich pruste los.

»Siehst du, ich hab's voll drauf mit dem Charme. Also?«

»Na gut. Das Erste, was mir einfiel, war, dass ich in einem Finalspiel den entscheidenden Treffer geworfen habe.«

»Okay, das ist ein bisschen lächerlich, Juna. Nur den entscheidenden Treffer und das bei einem Finale? Ich denke, du sortierst ein bisschen vor, ehe du mir so etwas hinklatschst.«

»Verstehe.« Und das Seltsamste ist, dass ich mich noch nie so sehr so gefühlt habe, als hätte man mich allein durch ein paar Worte auf behutsame Weise auf ein Siegertreppchen gehoben.

»Wie alt warst du?«, fragt er da zu meiner Überraschung nach.

»Siebzehn.«

»Ist irgendwie ein cooles Alter, damit einem so etwas passiert.«

»Ja«, erwidere ich wehmütig. »Irgendwie schon.«

»Du wolltest das beruflich machen?« Sein Nachhaken erinnert mich daran, wie meine Mutter früher so vorsichtig Splitter aus meinen Fingern entfernt hat, dass Nadeln mir nie die leiseste Angst einjagen konnten.

Dennoch muss ich schlucken. »Ja.«

»Wie alt warst du, als das mit dem Arm passiert ist?«, fragt er leise.

»Gar nicht so lange danach. Ein Jahr vor dem Abi«, sage ich rau.

»Deshalb Island.« Es ist keine Frage. Es ist ein geradezu wundervolles Verstehen.

Ich schlucke noch einmal, dennoch gelingt mir nicht mehr als ein Wispern. »Deshalb Island.«

»Ein beschissenes Alter, damit einem so etwas passiert.«

»Ja. Aber vermutlich ist es immer ein beschissenes Alter für so was. Ich meine, das ist nichts, was sich nahtlos in irgendein Lebensjahr einfügen lässt.« Ich zucke die Schultern wie so oft zuvor, wenn ich an damals gedacht habe. »Zumindest konnte ich die Saison davor noch so gut abschließen.«

»So *verdammt* gut. Ich meine … Hey! Entscheidender Treffer in einem Finale!«

Wie gern ich für diesen Moment doch sein Gesicht sähe, vielmehr seinen Blick. All das, was die Worte eines Fremden so liebevoll klingen lassen kann.

»Ja«, flüstere ich. Und möchte mich ihm so gern wenigstens ganz zuwenden. »Sag mal, stört es dich, wenn ich die Schuhe ausziehe?«

Er lacht leise.

»Ich lasse sie an.«

»Nein«, erwidert er schnell. »Zieh sie aus. Ich hab nur vor drei Minuten das Gleiche gedacht und fand es dann komisch zu fragen. Aber man sitzt hier so doof, wenn man sich zueinander drehen will. Wahrscheinlich hab ich heute Abend nen steifen Nacken.«

»Was besonders doof ist, weil du mir ja das Sofa überlässt und auf dem Boden schläfst. Wir sollten langsam beginnen, uns hier häuslich einzurichten, wo wir doch die Nacht hier verbringen.«

»Also«, sagt er auffordernd. »Schuhe aus auf drei?«

»Eins, zwei, drei«, zählen wir gemeinsam.

Dann herrscht kurz Stille, die von schwererem Atmen und Reiben von Ärmeln über Sofa untermalt wird.

»Herrlich«, murmelt er, und ich kann mir denken, dass die nächsten Geräusche heißen, dass er die Beine aufs Sofa zieht, um sich mir richtig zuzuwenden.

Vorsichtig setze ich mich in den Schneidersitz, um Levi nicht aus Versehen zu treten.

»Was waren die anderen Momente?«

75

Irgendwie rührt es mich, dass er weiterfragt.

»Als ich fürs Medizinstudium zugelassen wurde. Ich hatte so hart darauf hingearbeitet, und dann bekam ich die Zusage von zwei Unis.«

»Wow.«

»Weißt du was?« Die plötzliche Entschiedenheit überrascht mich selbst. »Das war's. Ich nehme den Gewinn-Wurf, auch wenn du ihn lächerlich findest. Punkt.«

Dann folgt noch überraschendere Stille, ehe Levi fragt: »Was schwirrte dir noch im Kopf herum?«

»Wie bitte?«

»Du wolltest noch was sagen, hast dich dann aber dagegen entschieden, oder?«

»Was ... Wie ...« Sammeln. »Woher weißt du das?«

»Ich hab ein gutes Gespür für Untertöne.«

»Sogar für die, die man nicht ausspricht?«

»Oh, Schweigen hat manchmal mehr Untertöne als Reden. Das kennt doch jeder.«

Kurz denke ich darüber nach, ehe ich nicke. Bilde ich mir nicht selbst die ganze Zeit ein, seine Gestik und Mimik zu hören?

»Ehrlich gesagt war ich immer davon ausgegangen, das hinge entweder mit dem vorherigen Gespräch oder mit Körpersprache zusammen. Aber ich schätze, nichts zu sehen, kann einen noch eine ganze Menge lehren.«

»Ja. Vermutlich.«

»Ich belasse es dennoch bei dem Wurf, okay?«

Er zögert eine ganze Weile, und nein, in diesem Moment kann ich sein Schweigen nicht deuten. Bohrt er gleich weiter in den Kerben meines Herzens herum? Oder ist er womöglich eingeschnappt?

»Okay«, murmelt er dann. Und glücklicherweise klingt es weder beleidigt noch wie das Ausholen vor dem nächsten Schlag, um Kerben wieder in Schluchten zu verwandeln.

»Also zu dir«, sage ich deshalb.

Er stöhnt leise auf. »Kann ich die Frage nicht überspri- ... Ha! Ich weiß es.« Seine Stimme leuchtet mit einem Mal so hell, dass ich beim besten Willen nicht verstehe, wieso ich noch immer die Hand vor Augen nicht sehen kann.

»Was ist es?«

»Mein erstes Stück. Ich war zehn und hab mein erstes Stück geschrieben. Nicht nur einen kleinen Teil, nicht nur einen Refrain oder so wie vorher. Ein ganzes Stück.«

»Wow«, hauche ich. »Mit zehn? Das ist beinahe noch cooler als die rote Maske.«

»Ja?«, fragt er und scheint dabei das Leuchten seiner Stimme vorsichtshalber zu dimmen.

»Eigentlich bin ich mir sogar sicher«, murmle ich und würde mit einem Mal gern meinen Fuß in seine Richtung schieben, um zu schauen, ob er so nahe ist, wie es sich zwischendurch immer wieder anfühlt. Doch wenn es so wäre, müssten seine Beine wohl bereits auf meinem Schoß liegen.

»O Mann, du kannst dir gar nicht vorstellen, wie erleichtert ich bin«, murmelt er seufzend.

Doch. Denn es klingt aus jedem einzelnen Buchstaben.

»Mir brummt schon der Schädel.«

»O nein.« Dann stutzt er. »Wieso sagst du das so fröhlich?«

»Von der Keule, meine ich.«

»Ach so.«

Und dann lachen wir beide – ganz leise, als gäbe es etwas zu verschrecken, was sich vorsichtigst zwischen uns niedergelassen hat.

Klick.

»Na toll, den hätte ich eben gebraucht«, grummelt er.

»Ist es nicht besser, dass du stattdessen deine Antwort gefunden hast?«

»Auch wahr«, gibt er zu. »Okay. Willst du anfangen oder soll ich?«

»Abwechselnd? Ich fang an?«

»Gut.«

»Deine Musik ist ein Zufluchtsort vor etwas Bestimmtem.«

Kurzes Zögern. »Ja«, erwidert er dann, ehe er sich leise räuspert. »Du fühlst dich wohl in deiner Haut.«

Nun zögere ich. »Es sollte sich nicht so seltsam anfühlen, auf so etwas mit Ja zu antworten, oder?«

»Nein. Sollte es das, hätte ich die Behauptung nicht aufgestellt – ich will ja gewinnen.« Er grinst hörbar. »Und du weißt doch: Hier ist ein Nicht-Müssen-Raum.«

Das lässt mich lächeln. »Acht von zehn.«

»Du willst mich ärgern, oder?«

»Ein bisschen. War das schon deine zweite Behauptung? Denn eigentlich bin ich dran.«

»Nein, keine Sorge. Dein Zug.«

»Du stehst auf Computerspiele.«

»Nicht wirklich«, erwidert er. »Du feierst gern.«

Ich verdrehe die Augen. »Natürlich feiere ich gern. Du machst es dir aber einfach.«

Er lacht leise. »Du darfst es dir auch gern *einfach machen*.«

»Das ist bei dir aber gar nicht so einfach wie bei mir.«

Nun lacht er lauter. »Sag bloß. Also zwei zu eins für … mich.« Er kostet es voll aus, das *mich*, schiebt es in seinem Mund genüsslich hin und her wie bei einer Weinprobe. Ich hoffe nur, er spuckt es mir nicht noch vor die Füße.

»Du hast Geschwister«, rate ich.

»Eine ältere Schwester.«

»Wohooo!«, mache ich.

»Na warte, dich krieg ich schon noch dran!«

»Aber jetzt nicht so einen Lala-Kram von wegen *Du magst Pizza* oder so. Gib dir ein bisschen Mühe.«

»Du bist eine echt miese Verliererin – und das ist eine Feststellung, keine Behauptung.«

»Ja, bin ich. Und noch hab ich nicht verloren. Jetzt rück deine Behauptung schon raus.«

»Würdest du heiraten, dann nicht in Weiß.«

Ich sitze da, blinzle vor mich hin, denke an eine ewig

lange Diskussion mit Freundinnen über genau dieses Thema und habe keine Ahnung, was ich sagen soll.

»Siehst du.« Ich interpretiere das hörbare Hin und Her von Stoff über Leder als Schulterzucken. »Manches Schweigen hat mehr Untertöne als Reden. Ich nehme also an, ich habe gewonnen?«

»Hast du«, grummle ich.

»Du bist keine schlechte Verliererin, wie ich merke.« Ohne Zweifel lächelt er. »Du verlierst nur verdammt ungern. Das ist für eine Sportlerin wohl nicht schlecht.«

Seine Worte treffen mich unerwartet hart. »Ich bin aber keine Sportlerin mehr.«

»Ich sehe Sportlerin als eine Typ-Sache, nicht als eine Sache der Ausübung. Und du bist definitiv noch Sportlerin. Wieso spielst du seit dem Unfall nicht mehr?«

Autsch. »Ich werfe nicht mehr hart genug.«

»Für wen? Für was?«

»Für die Liga, in der ich spielen will«, erwidere ich erstaunlich trotzig.

»Juna, man kann auch zu sehr Sportlerin sein.«

»Ich weiß«, entkommt es mir nun nur noch flüsternd.

»Wieso spielst du nicht mehr?«, fragt er erneut, und dieses Mal klingt es so sanft, dass die Frage feinkörnigen Sand in meine Augen streut.

Wie kann ein Fremder so viel mehr Gespür für mich haben als meine engsten Freunde?

»Weil ich nicht mehr will.« Der Sand scheint noch bis in meine Kehle hinunterzurieseln.

Langsam taste ich nach dem Knopf. Doch meine Fingerspitzen stoßen gegen eine Hand, die sich zwischen dem Kästchen und mir postiert hat. Wie vorhersehbar bin ich eigentlich für diesen Kerl?

»So schlimm?«, flüstert er.

Manche Fragen fühlen sich an, als hätte einen jemand auf die Stirn geküsst. Und die besten von ihnen beschwören Antworten herauf, die schmecken, als hätte der Kuss noch den Mundwinkel gestreift.

»Es war nicht nur mein Arm, den es erwischt hat.« Ein paar unstete Atemzüge füllen meine Lunge, entkommen ihr, füllen sie, entkommen. »Ein Wirbel war gebrochen. Nur einen Hauch weniger Glück, und ich wäre querschnittsgelähmt gewesen. Ich hab Wochen im Krankenhaus gelegen.«

»Scheiße.«

»Ja. Alles, was ich in dem Moment noch gewinnen konnte, war ein verdammt gutes Abi, das mich wenigstens Medizin studieren lässt. Aber Handball ist gestorben. Niemand spielt gut mit Angst. Ich war mal ein herrlich angstfreier Mensch, aber so sehr ich mir das wieder zurückerobert habe ... Spielen kann ich nicht mehr.«

»Tut mir echt leid.«

»Schon gut«, flüstere ich. »Danke.«

Als ich merke, wie mir eine Träne über die Wange

läuft, weiß ich, dass es an der Zeit war, es endlich einmal auszusprechen, um mit den unterdrückten Worten auch die angestauten Gefühle freizulassen. Und die Wahrheit zu akzeptieren. Dass ich nicht vollständig geheilt bin. Dass ich eben nicht wieder ganz angstfrei in die Welt ziehen kann. Dass sich das Leben manchmal ganz von allein in ein Vorher und ein Nachher teilt. Wenn man es ausspricht, fühlt es sich beinahe so etwas wie natürlich an.

»Wofür danke?«

»Dafür, dass du das Unterton-Ding so perfekt draufhast. So ganz ohne himmelblaue Kopfhörer.«

»Jeder braucht ein Talent.«

Und dann zeigt er mir noch eins. Nimmt meine Hand in seine und drückt sie einmal auf eine Weise, dass es gar kein Drücken ist. Auf eine Weise, dass es mehr ein Wispern ist. Das zärtliche Handwispern eines *Das wird wieder.*

»Weiter?«, fragt er beinahe so leise wie seine Hand.

»Weiter.«

Und dann lässt er mich los und doch einen kleinen Rest des *Das wird wieder* bei mir zurück.

Klick.

STELLT EUCH VOREINANDER HIN UND MACHT EUCH EIN ERSTES BILD VON EUREM GEGENÜBER, INDEM IHR NACHEINANDER DAS GESICHT DES ANDEREN ABTASTET.

Die Schläge, die mein Herz lautstark in meinem Brustkorb trommelt, als spiele es auf meinen Rippen Marimba, würden locker für uns beide reichen. Wie als erstaunlich passendes Gegenstück dazu räuspert sich Levi extrem leise.

»Ich verstehe nicht«, beginnt er dann, »wie Menschen darauf kommen, dass man sich so *sehen* will, nur weil man sich nicht wirklich sehen kann. Scheinen echt Optik-Fanatiker am Werk gewesen zu sein.«

So schnell stolpert ein Herz im Dunkeln also über ein paar Sätze. Ich öffne den Mund und weiß doch nicht, welche Wörter er so formen könnte, weil mein Kopf einfach keine schickt. *Komm schon, Juna. Irgendetwas, was dich nicht komplett lächerlich wirken lässt!*

»Du hast deinen Joker.« Meine Stimme klingt tonlos auf eine mir unbekannte Weise. Auf eine Weise, dass ich befürchte, sie verrät all die Töne, die mein Herz klopft, seit es so gestrauchelt ist. Die dumpfen Töne, die traurigen und die verletzten.

»Scheiße, so meinte ich das gar nicht.« Ich höre, wie

er schwer ausatmet, und wünschte, ich könnte ihn sehen, um wenigstens zu erraten, was in ihm vorgeht. »Es geht einfach darum, dass ... Ich finde es überflüssig. Oder so. Ich meine ...« Noch ein Seufzen, mit dem man ein ganzes Bergmassiv aufwiegen könnte. »Verstehst du überhaupt nicht, was ich sagen will?«, fragt er dann überfordert.

Ich zucke mit den Schultern, auch wenn *das* gerade echt überflüssig ist. Weiß ich es? »Keine Ahnung.«

»Okay«, beginnt er da noch mal. »Stell dir vor, hier sitzen zwei, die sich nicht ausstehen können.«

»Tun sie das?«, frage ich mit erhobenen Brauen.

»Nein, nicht gerade, nicht wir – also hoffe ich. Aber wenn sich dir schon beim Gedanken an mein nächstes Wort die Nackenhaare aufstellen würden, würdest du mich dann anfassen wollen? Würdest du wollen, dass ich dich anfasse?«

»Nein«, gebe ich zu, ohne zu zögern. Und erschrecke, wie wenig das einsame Wörtchen auf ihn zutrifft. Wie sehr sich da vielmehr dieses gigantische Ja in mir breitmacht.

»Ich auch nicht. Und es gibt doch genügend Leute, die einfach gar nicht groß angefasst werden wollen. Schon gar nicht von jemandem, den sie erst ein paar Fragen lang kennen. Und wenn man sich mag, dann ist es doch irgendwie egal, ob man das Gesicht des anderen kennt, weil man sich ja auch anders näherkommen kann.«

»Mhm«, mache ich. Im nächsten Moment halte ich

ganz still, um das dumpfe, rhythmische Geräusch richtig einordnen zu können.»Lachst du?«, frage ich irritiert.

»Ja«, sagt er so leise und dumpf, wie auch das Geräusch weiter bis zu mir dringt. Vermutlich hat er sein Gesicht in den Händen vergraben.

Und so seltsam ich seine Reaktion in diesem Augenblick finde, lässt sie mich aus irgendeinem Grund lächeln.»Und das machst du, weil ...?«

»Ich mich hier um Kopf und Kragen rede und das aus vollkommen unerfindlichen Gründen.« Nun scheint er wieder aus seiner Handhöhle aufgetaucht zu sein. Seine Worte begleitet nur noch ein Lächeln.»Ich glaub echt, dass die Aufgabe überflüssig ist und dass es nicht nötig ist, jemandes Gesicht abzutasten, um mir ein Bild von ihm zu machen, wie sie so schön sagen. Aber ich hab gar nichts dagegen. Also nicht hier und jetzt und ... Gott, ich bin verbal grad echt in Höchstform. Komm schon, lass uns Gesichter betatschen.«

Ich lache auf.»Wie charmant. Wer kann da schon widerstehen?« Doch ich will ihm auf keinen Fall etwas aufdrängen.»Levi, noch mal im Ernst: Wir müssen das nicht machen.«

»Ich weiß.«

»Ich bin dir nicht böse, wenn du den Joker ziehst, okay?«, sage ich leise.

»Will ich aber nicht«, erwidert er leiser. Er meint es ohne Zweifel ernst.

Und mit einem Mal ist es wieder da – herrlich übertrieben. Das euphorische Marimba-Herzgetrommel.

»Na dann«, murmle ich, stehe auf und wende mich in die Richtung, in der er eben noch neben mir gesessen hat. Das Sofa knarrt mir leise zu, dass er sich ebenfalls erhebt.

»Na dann«, murmelt auch er. »Soll ich anfangen? Willst du?«

Wie unsicher er mit einem Mal klingt, lässt mein Herz die Schlägel noch fester auf jede einzelne Rippe donnern. Und vermutlich ist das der Moment, in dem sich diese Sicherheit in mir breitmacht, dass es vollkommen egal ist, wie er aussieht. Ganz anders als die plötzliche Angst, was ihm an mir nicht gefallen könnte, vollkommen egal.

»Ich fange an, wenn das okay ist.« Meine Nervosität ist so groß, dass sich meine Stimme ganz, ganz klein machen muss.

»Okay.«

»Na dann«, scheinen meine Worte dieser Aufgabe zu sein.

»Na dann«, wiederholt auch er und ich höre, wie er noch einen Schritt nähertritt.

Meine Hände heben sich auf Höhe meines Gesichts, dann lasse ich meine Handflächen ganz langsam durch die Luft auf ihn zu schweben. Noch ehe meine Arme ansatzweise durchgedrückt sind, nehme ich etwas wahr, was ich nicht kenne: Es fühlt sich gleichzeitig an, als ziehe etwas meine Hände magnetisch an und als stünde etwas Unsichtbares im Weg. Es ist, als würde die Luft dichter. Und dann treffen meine Fingerspitzen auf Stoff. Im ersten Moment zucke ich ein paar Millimeter zurück. Dann wagen sich die Finger wieder vor, tasten raue Baumwolle, recht dünn, vermutlich ein Shirt.

»Meine Augen sind hier oben, Fräulein.« Mit einem peinlich berührten Auflachen ziehe ich die Hände weg. »Oje, sorry.«

»Kein Ding«, murmelt er. »Ich mach das dann auch gleich so.«

Ich lache lauter auf. »Also, zweiter Versuch.«

»Viel Glück«, wünscht er mir trocken.

»Danke.«

Dieses Mal traue ich mich schneller vor und lasse meine Hände gleich etwas höher auf seinen Körper treffen. Meine Handballen streifen im gleichen Moment sein Shirt, da meine Fingerspitzen seinen Hals berühren. Ich hoffe, dass er nicht dieses leise Beben spüren kann, das mit einem Mal meinen gesamten Körper durchwandert, als sich meine Finger seinen Hals hinaufbewegen.

Seine Haut ist warm und weich, ehe meine Fingerkuppen auf rauen Bartschatten, vielleicht auch ein, zwei Tage unrasierte Haut treffen. Meine Finger bewegen sich über seine Kieferknochen hinauf bis auf seine Wangen, die mich eher an zwei Tage ohne Rasur glauben lassen. Meine Daumen fühlen vorsichtig von seinem Hals aus seinen Unterkiefer entlang, dann über das Kinn bis direkt unter seine Unterlippe.

Er schluckt hörbar.

Ob es zu langsam ist, unangebracht? Doch das Gefühl, sonst zu viel zu verpassen, ist größer als alle Bedenken.

Meine Finger fahren über seine Stirn, seinen Haaransatz entlang bis zu seinen Schläfen, wo die Haare in den Bart übergehen. Gern würde ich ihn fragen, welche Farbe sein Haar hat – doch ich belasse es bei dem Wissen, dass es glatt ist, dicht und oben vier, vielleicht fünf Zentimeter lang. Zu den Seiten hin wird es kürzer. Meine Daumen erreichen seine Nase, schleichen die Nasenflügel hinauf, dann über seine Brauen. Wie schwierig es ist, mit den Händen zu sehen, gar Proportionen einzuschätzen.

»Achtung«, flüstere ich, und meine Augen schließen sich mit, als meine Zeigefinger behutsam über seine Lider fahren.

Ist es nicht seltsam, dass man andere umarmt, ihnen vielleicht spielerisch aufs Knie schlägt, ihnen tröstend über den Arm streicht. Doch das, was man immer von ihnen sieht, das Gesicht, das berührt man nur bei denen, die einem ganz, ganz nahestehen. Nur ansehen, nicht anfassen. Die Erkenntnis macht dieses Stückchen Haut mit einem Mal zu einem beinahe intimen Ort.

»Okay«, wispere ich und lasse mit einem schweren Ausatmen meine Hände sinken. *So viel mehr als okay.*

»Darf ich?« Seine Stimme ist eine Nuance dunkler

als eben noch. Oder bilde ich mir das nur ein?

»Klar.«

Noch nie war die Idee so aufregend, geradezu berauschend, dass jemand gleich mein Gesicht berührt. Nur mein Gesicht.

Doch vermutlich hat er Sorge, dass er wirklich noch meine Brust streift. Denn er geht den genau umgekehrten Weg, nähert sich von oben, als segne er mich, berührt zunächst mein Haar, ehe er die Strähnen hinabfährt.

»Welche Farbe?«, fragt er leise.

Kurz zögere ich. »Straßenköter?«

Sein Lachen ist noch in seinen Händen zu spüren. Ich habe nie darüber nachgedacht, dass das geht, obwohl es so logisch ist. Ein Lachen bewegt nun einmal nicht nur die Lunge. Seines schon gar nicht.

»Hast du sonst noch etwas von einem Hund?«

»Ich höre auf meinen Namen. Den Rest musst du schon selbst herausfinden.«

»Na dann«, murmelt nun er wieder, und seine Hände folgen weiter ihrem Weg meine Haare entlang bis auf meine Schultern.

Er streicht meine glatten Strähnen zurück, ein paar fallen wegen der Stufen gleich wieder nach vorn. Doch da fahren seine Hände bereits meinen Hals hinauf, seine Zeige- und Mittelfinger gleiten von meinen Ohren aus meinen Unterkieferknochen entlang, bis sie sich vorn in der Mitte treffen. Dann legen sich seine Hände vorsichtig um mein Gesicht, als wolle er die

Form abschätzen. Oder mich küssen.

Meine Lider schließen sich. Durch meinen Körper rieselt etwas Undefinierbares vom Scheitel bis zur Sohle, als wäre ich eine dieser Regenklang-Säulen, die man gerade erst umgedreht hat.

Man kann ja vieles unterdrücken und vieles vortäuschen. Aber Gänsehaut? Die ist so verflucht ehrlich. Kann man die eigentlich auch im Gesicht tasten? Das wäre echt peinlich. Denn nun streichen seine Daumen einmal von außen über meine Wangen bis zu meinen Nasenflügeln, erklimmen die Nasenspitze, bewegen sich dann hinauf. Meine Augen bleiben erwartungsvoll geschlossen, lassen Fingerspitzen über meine Lider wandern, über meine Brauen, meine Stirn, dann zurück über den Nasenrücken. Von der Nasenspitze aus wagt er den Absprung in die Mulde über meiner Oberlippe.

Plötzlich fällt mir ein, dass diese Mulde wörtlich übersetzt *Liebeszauber* heißt. Und genau so fühlt sich das hier an. Noch mehr, als sein Finger meinen Mund umwandert, ohne meine Lippe auch nur zu streifen.

Was das Zauberhafteste an all dem hier ist, ist dieses Gefühl, das mich so überrumpelt. Als hätte es seit meinem Betreten dieses Raumes in seinem Versteck gewartet, nur um nun seinen großen Auftritt hinzulegen. Das Gefühl, gesehen zu werden. Ohne Licht, ohne Augen so genau betrachtet zu werden wie vielleicht nie zuvor.

»Atmest du noch?«, flüstert er kaum hörbar.

»Ja«, hauche ich. Dabei war es bis gerade eine Lüge. Ich habe es schlichtweg vergessen.

»Dann ist es ja gut«, erwidert er, sein Lächeln so herrlich leise wie seine Stimme. Dann sinken seine Hände hinab. »Weißt du, was witzig ist?«

»Was denn?« Meine Lider heben sich träge. Es kostet mich Mühe, nicht zu seufzen. Ich bin noch so gar nicht bereit für witzig.

»Du hast ein Grübchen an der einen Wange.« Er tippt auf meine linke Gesichtshälfte, ehe sein Finger zur rechten wechselt. »Und zwei an der anderen.« Er murmelt es, als befürchte er, das überschüssige Grübchen zu verscheuchen.

Stattdessen lockt er vielmehr etwas an.

Mein Herz.

Wenn er nur wüsste, was er da gerade gesagt hat ...

»Setzen wir uns wieder?« Ich klinge atemlos.

»Nachdem du weißt, welches Oberteil ich anhabe, bist du wohl bedient.«

»Genau«, erwidere ich sowohl grinsend als auch immer noch etwas peinlich berührt.

Ich bin froh, dass wir direkt neben dem Sofa stehen und meine wackligen Beine keinen weiten Weg mehr vor sich haben, ehe ich mich einfach auf die glatten Polster sinken lassen kann.

Klick.

»Puh«, macht er. »Ohne Scheiß, ich hab keine Ahnung.«

»Was bist du denn bitte für ein Gutmensch?«, frage ich ungläubig.

»Ach, und was bist du für eine, dass du Gutmensch als Beleidigung benutzt?«

»Hm ... Der Punkt geht an dich«, gebe ich zu.

»Und du bist also so ne Lügenbaronin, ja?«

»Gestern noch hab ich meinen Vater angelogen, was den Zuckergehalt in den Keksen anbelangt. Er ist Diabetiker, also backe ich die Kekse immer selbst und gebe nur wenig Zucker und sonst nur zuckerfreie Süße rein. Erzählen tu ich ihm aber, es wäre nur eine reduzierte Menge Zucker, weil er sie sonst nicht isst.«

»Ach, wir reden von Nonnen-Lügen.« Es folgt ein leises Klatschen.

»Hast du dir gerade vor die Stirn geschlagen?«, frage ich mit verwirrtem Lachen.

»Wenn ich jetzt Nein sage, darf ich dann behaupten, das war meine letzte Lüge? Weil mir nämlich echt nichts ...« Nun klatscht es lauter, vermutlich Hand auf Hand. »Warte! Ich hab der Verkäuferin gesagt, dass die Schuhe nicht wirklich passen. Dabei fand ich nur die

Form komplett indiskutabel, solang ich nicht jemanden mit einem einzigen Tritt kastrieren will.«

»Autsch. Und ja, wir reden definitiv von Nonnen-Lügen«, stelle ich grinsend fest. »Wann war das?«

»Vor nem Monat oder so?«

»Dir fällt nicht einmal ne Nonnen-Lüge ein, die jünger als einen Monat ist?«, frage ich verstört.

»Ich lüg echt nicht oft«, erwidert er. »Keine Ahnung, hab da offenbar nicht so den Grund für.«

»Wenn deine Freundin dich fragt, ob sie zu dick ist?«

»Dann bin ich verwirrt, wo die plötzlich herkommt.«

Mein Herz macht noch mal einen kleinen Hopser. Dass er keine Freundin hat, könnte er ruhig immer mal wieder zwischendurch einwerfen. Nur so. Um mich noch etwas glücklicher zu stimmen.

»Was machst du da?«, fragt er irritiert.

»Ich hab mich nur anders hingesetzt.« Oder vielleicht bin ich auch ein ganz klein wenig mit meinem Herzen mitgehopst.

»Hast du mich gerade ernsthaft angelogen, während wir über Lügen sprechen?«

»Nur ein ganz wenig?«

Er lacht auf, irgendwie überfordert. »Ich bin allergisch auf Lügen, das nur so am Rande.«

»Gut zu wissen. Also«, setze ich noch mal an, »ich meine, wenn du eine Freundin *hättest* und sie *würde* dich fragen, ob sie zu dick *wäre*, dann *würdest* du Ja

sagen?«
»Ich sage natürlich Nein.«
»Siehste.«
»Weil ich doch sonst nicht mit ihr zusammen wäre.
Darf ich jetzt bitte, bitte den Knopf drücken?«
»Na gut.«
Klick.

Ihm entkommt ein kaum zu hörendes bitteres Auflachen. »Na, das passt ja.«

»Meinst du mein Rumgehampel auf dem Sofa?«

»Ja, sorry, Juna.«

Oh. Mein. Gott. Sag ihn noch einmal, meinen Namen. Seit wann hat der denn eine solche Wirkung auf
mich? Juna. Ein einfacher Name. Bis eben. Kaum
tatscht mir einer im Dunkeln im Gesicht herum, dreh
ich wohl ab …

»Ich bin so verflucht enttäuscht. Ich will dich nie
wiedersehen«, sagt er, als wäre es halt so. Dumm ge-
laufen.

»Wie ernst du bei so einem Satz bleiben kannst.
Und dass du nach *dem hier*«, meine Hand zappelt ein
bisschen in der Dunkelheit herum, »von Wiedersehen
sprichst, ist auch ganz witzig.«

»Ich meinte eigentlich diesen Lügen-Kram an sich.«
Nun ist seine Stimme ernst. »Tut mir ja wahnsinnig
leid, die Frau noch mal hierher einzuladen, aber sie
wird nicht lange bleiben. Meine Ex hat immer auf die
mit blütenweißer Seele gemacht, dann aber mit nem
Typen in dem Raum rumgemacht, in dem ich auch war.

In nem Club. Mein bester Freund hat es mir erzählt, sie hat es zuerst geleugnet, dann ist sie bei dem Kerl eingezogen.«

»Ach du Scheiße«, flüstere ich betroffen. »Das tut mir leid.«

»Na ja, ist ja vorbei.«

»Wenn du noch so allergisch bist auf Lügen, vielleicht noch nicht so ganz?«

»Kein Helferinnenkomplex, Juna. Schon vergessen?«

Würde ich jetzt die Arme ausstrecken, würde meine Hand vermutlich auf seinen erhobenen Zeigefinger treffen. Doch hier geht es gar nicht um meinen Helferinnenkomplex. Sondern um Sorge, wenn auch eine der absurden bis egozentrischen Sorte. Denn ich sorge mich um mich und nicht um ihn. Obwohl wir hier doch nur herumsitzen – zwei Versuchskaninchen, die sich unterhalten, einfach so. Und dennoch bange ich um mein Herz.

»Mein Ex war so ein gebranntes Kind«, sage ich. »Sobald mich in der Mensa, auf der Straße oder auf einer Party jemand angelächelt hat, ist er halb durchgedreht. Einmal wusste ich den Namen von einem nicht. Da ist er richtig ausgetickt. Na ja, der ganze Horror endete mit ihm, der mein Handy durchstöbert hat, und mir, die ihn in die Wüste geschickt hat. Ich will nur sagen, dass mit Süßstoff angereicherte Kekse und Fremdvögeln zwei unterschiedliche Dinge sind.«

»Hab nie was anderes behauptet«, erwidert er

stöhnend. »Du darfst nur auch nicht verlangen, dass jemand unbeschadet aus der Sache herausgeht, wenn man seine größte Schwäche gegen ihn verwendet hat, um ihn zu betrügen.«

»Würde ich auch nicht. Aber was meinst du mit *größte Schwäche?*«

»Vergiss es.« Mit einem Mal wirkt es, als hätte er die Zugbrücke hochgezogen, statt den roten Teppich für meine nächsten Worte auszurollen.

»Oh. Okay.«

»Kommen wir zu dir«, sagt er dann. »Enttäuschung.«

»Reicht die Sache mit dem Handy nicht? Das war mit sehr großer Wahrscheinlichkeit eine der furchtbarsten.«

»Reicht vollkommen«, erwidert er sanfter. »Weiter?«

»Darf ich noch einen Satz zu deiner Ex sagen?«

»Hm«, macht er nur, und ich werte es spontan als Ja.

»Das Problem ist: In diesen Situationen leidet der Betrogene am meisten. Und dann leiden all die Leute im Umfeld, vor allem die, die ihm besonders nahe sein wollen. Nur die eine Person, die den Mist gebaut hat, die leidet nicht – die ist vermutlich schon beim Nächsten, dem sie Hörner aufsetzen kann. Und das ist unfair und gemein. Aber man kann nur versuchen, aus allem, was kommt, die größtmögliche Fairness rauszuholen, weil man sich ja genau danach sehnt. Also … *Ich* könnte

das nicht mehr, dass ich so kontrolliert werde und so.«
Stille. Stille, in der ich mich frage, ob er sich fragt, ob ich ihm gerade etwas über ein potenzielles Wir erzählt habe. Weil ich mich das nämlich auch so ein bisschen frage.

»Gut zu wissen.« Wie auch immer er es aufgefasst hat, ich meine, einen Hauch Lächeln zu hören.

Klick.

»Dass sie gesund sind«, sagt er sogleich. »Dass sie auf die Frage, wie heil sie sind, mit neun Komma sieben antworten können. Auf jede erdenkliche Weise gesund.«

»Dass sie finden, was zu ihnen gehört«, erwidere ich. »Ebenfalls auf jede erdenkliche Weise.«

»Wow. Heißt das, wir sind tatsächlich noch mal einfach so fertig?«

»Scheint so.«

»Okay. Das ist schräg. Ich beginne wieder, ein klitzekleines bisschen an eine Nacht in meinem Bett zu glauben.«

Klick.

Er stöhnt auf, als hätte ihm die Frage zwischen die Beine getreten.

»Oje«, erwidere ich unsicher lachend.

»Ich erwähnte einen gewissen Treppensturz?«

»Ja.«

»Wir waren auf der Abschlussfahrt, und alle aus meiner Stufe standen entweder oben oder am Fuß der Treppe. Das war ... unangenehm.«

»O Gott, ich sterbe ein bisschen allein bei dem Gedanken daran.«

»Danke, das schenkt mir das Gefühl, dass es gar nicht so schlimm war, wie ich bis jetzt dachte.«

»Du weißt: Wer das Sofa mit Sarkasmus einsaut, muss ihn auch wieder wegwischen, Levi.«

Er lacht. »Du kannst deine unsensible Reaktion wiedergutmachen, indem du mir ein echt gutes Pendant aus deinem Leben lieferst.«

»Ich war doch nicht unsensibel, das war pures Mitgefühl«, rufe ich entrüstet.

»Rück. Die. Geschichte. Raus.«

»Vermutlich schaffe ich es in puncto Peinlichkeit sogar, an deine nette Anekdote ranzureichen – auch wenn ich zumindest körperlich unversehrt geblieben bin.«

»Ich weiß gar nicht, ob ich das hören will, wenn ich genauer darüber nachdenke ...«

»Dann halt dir die Ohren zu. Sieht doch keiner. Ich schubs dich danach einfach vom Sofa als Zeichen dafür, dass ich fertig bin.«

»Ich hör echt gern zu. Neun Komma fünf und so.«

»Also«, beginne ich grinsend. »Ich war vierzehn.«

»In dem Alter ist einem ja ohnehin alles peinlich.«

»Ja, aber ich hab echt alles gegeben, um es noch schlimmer zu machen. Ich war total verknallt in einen Typen aus meiner Klasse. Hab die ganze Zeit mit meiner besten Freundin über ihn geschrieben und zwischendurch das Foto seines Profils angestarrt.«

»O nein, bitte lass es nicht so enden, wie ich gerade denke.«

»Tja, die Nachricht über seinen sooo süßen Hintern ging dann nicht an meine beste Freundin.«

»O Scheiße, Juna«, murmelt er in seine Hände, begleitet von einem leisen Lachen purer Verzweiflung, als wäre es seine Geschichte.

»Tja, er hat es sich natürlich nicht nehmen lassen, die halbe Schule an meinen Gedanken über seinen Hintern teilhaben zu lassen.«

»So ein Arsch ...«

»Was hättest du an seiner Stelle gemacht?«, will ich wissen.

Er überlegt kurz. »Dem Mädchen irgendwas zurückgeschrieben, was gezeigt hätte, dass ich es für einen

Witz halte. Obwohl ... Mit vierzehn hätte ich vermutlich noch meine Schwester gefragt, was ich tun soll, um es möglichst ungrauenvoll für alle Beteiligten zu machen.«

»Du hättest deine Schwester gefragt?«

»Ja. Je nachdem, worum es geht, mach ich das heute noch. Und ich klinge gerade null verunsichert deswegen, auch wenn das in deinen Ohren so mitschwingen sollte.«

Ich lache auf. »Ich find das total schön, ehrlich gesagt. Meine kleine Schwester hat mich auch ganz oft Sachen gefragt – gerade wegen Jungs. Ich hätte nur nicht gedacht, dass ein Junge seine Schwester fragt. Aber irgendwie ergibt das noch um einiges mehr Sinn, als wenn ein Mädchen das macht. Ich meine, am Ende stochern wir alle nur wie blöde im Dunkeln, wenn es um das andere Geschlecht geht.«

»Ja, man fragt ja auch keine Robbe, was im Kopf des Eisbären vor sich geht, der sie gleich zerfleischen will.«

»Genau das«, erwidere ich grinsend. »Weiter?«

Klick.

»Find ich cool, dass die das nach dem peinlichsten Erlebnis machen. Spricht wieder für ihre Menschlichkeit. Da hat man grad so richtig viel Seelenrotz rauszulassen.«

Ich pruste los. »Solang du nicht wieder verbal auf den Teppich pinkelst.«

»Er war stets bemüht.«

»Ich finde es vielmehr beängstigend, dass die sich jetzt vermutlich von allem Notizen machen, um unsere Anekdoten bei der nächsten Weihnachtsfeier zu erzählen, wenn sie bei der dritten Runde Glühwein angekommen sind.«

»Ja, dass man sich zwischendurch so unbeobachtet fühlt, obwohl vielleicht gerade zehn Psychologen mit Popcorn vor einem Lautsprecher sitzen, während sie den Peinlichkeiten unseres Lebens lauschen, ist beinahe schon gemein.«

»Sollen wir trotzdem anfangen?«, frage ich.

»Nur zu. Schmeißen wir ihnen unsere Seelen zum Fraß vor.«

»Also«, beginne ich grinsend. »Ich sitze hier und

fühle mich trotz dieser Peinlichstes-Erlebnis-Sache erstaunlich wohl.«

»Ich sitze hier und finde das echt schön, weil ich mich auch wohlfühle.«

»Ich sitze hier und muss lächeln.«

»Ich sitze hier und kann mich nicht erinnern, wann ich zuletzt an einem Tag so viel gelächelt habe wie in der Zeit mit dir.«

Oh. »Ich sitze hier und bin erstaunlich sprachlos.«

»Ich sitze hier und lasse mich von dem Wort *sprachlos* daran erinnern, dass ich mich auch lange nicht mehr so gern mit jemand Fremdem unterhalten habe wie mit dir.«

»Ich sitze hier und frage mich, ob es normal ist, dass man Tageslicht freiwillig noch eine ganze Weile gegen eine Stimme eintauschen würde.« Und ich frage mich, ob das zu direkt war.

Er lacht leise. »Ich sitze hier und finde das eines der schönsten Komplimente, die man mir je gemacht hat.«

»Ich sitze hier und finde es komplett seltsam, dass ich solche Dinge einfach so aussprechen kann.«

Pause – nicht sehr lange und doch sehr spürbar.

»Ich sitze hier und frage mich, wieso du eben nicht mehr geatmet hast, auch wenn du es geleugnet hast.«

Ich kneife die Augen zusammen, mein Herzschlag wirft sein Echo übermotiviert bis in mein Ohr. »Ich sitze hier und finde die Frage echt peinlich.«

»Ich sitze hier und muss grinsen, weil das mit die beste Antwort ist, die du mir geben konntest.«

»Ich sitze hier und frage mich«, schlucken, »ob wir uns nach heute wohl tatsächlich mal wiedertreffen.« »Ich sitze hier und sehe der Angst beim Wachsen zu, wie das hier endet.« Da muss ich noch einmal schlucken. Nun schmeckt es bitter. »Ich sitze hier und mein Gefühl sagt mir, wir reden nicht mehr von Killern, die da draußen womöglich auf uns lauern.«

Gong.

Ich schrecke zusammen.

»Nein, tun wir nicht.« Es ist beinahe nur ein Flüstern. Aber ein Flüstern, das schmerzhaft in mir widerhallt.

Klick.

»Ist wieder ne Frage, die dein Herz aufblühen lässt, hm«, frage ich unsicher.

»Sorry, wenn ich dich irgendwie getroffen hab eben«, sagt er zu meiner Überraschung.

»Nein, alles gut.«

»Ahh«, deutet er ein Brüllen an. »Sag doch einfach *Okay* oder von mir aus auch *Halt's Maul, ich will nicht drüber reden.* Aber ich hör ja, dass das *Nein, alles gut* nicht stimmt. Und auch wenn es übertrieben ist, macht mich das irre.«

»Ich frage mich einfach, wieso du plötzlich so ein Problem mit dem Ende des Experiments hast. Ob du seit dem Tasten denkst: *O Gott, wieso hat man Quasimodo hier reingelassen?*, oder so. Versteh mich nicht falsch. Ich meine, du musst mich ja nicht toll finden. Aber irgendwie ist es … demütigend oder so.«

Er schnalzt mit der Zunge. »Du bist so etwas von keine Sechs Komma fünf, Juna. Da bin ich mir seit eben sehr sicher. Darum geht es nicht. Ich hab seit deinem ersten Wort ein Problem mit dem Ende des Experiments, aber das ist echt so gar nicht böse gemeint.«

»Okay.« Ich höre selbst, dass es seltsam klingt. Als

hätten meine Stimmbänder nicht recht gewusst, ob sie ein überwältigtes Hauchen, ein überfordertes Krächzen oder ein verwirrtes Stammeln nach oben schicken sollten. Heraus kam dieses wirre Laut-Gebilde.

»Echt?«, hakt er nach, und ich stöhne auf.

»Du wolltest dein *Okay*, hier hast du es. Gott, bist du kompliziert.«

»Nur ein bisschen.«

»Levi?«

»Was?«

»Ich hab schon wieder die Frage vergessen.«

Er lacht, und ich kann nicht anders, als mitzumachen.

»Ich auch.«

»O nein. Wie sind wir denn hier gelandet? Moment, war das die Frage, bei der ich gesagt hab, dass sie dein Herz beglückt?«

»*Dein Herz aufblühen lässt*, hast du gesagt. Und ja, das war sie«, sagt er auf eine derart triumphierende Weise, dass ich wetten würde, er erinnert sich.

»Rück schon raus mit der Sprache.«

»Was, liebe Juna, ist an dir besonders?«

»Oh, richtig. Und nur als Vorwarnung: Du wirst heute Nacht nicht in deinem Bett schlafen.«

Er lacht auf. »Dein verdammt guter Humor also. Okay, fehlen noch zwei.«

Ich beiße mir auf die Lippe, um nicht selig zu seufzen. »Sollten wir uns nicht abwechseln?«

Er stöhnt auf.

»Deine Art, so bescheiden mit all deinen offensichtlichen Vorzügen umzugehen? Fehlen dir noch zwei«, imitiere ich ihn lächelnd. »Vielleicht könntest du noch deine seltsame, aber nicht weniger beeindruckende Aufrichtigkeit hinzufügen.«

»Ich schätze, das passt nur, wenn du anbringst, dass du vermutlich die charmanteste Nonnen-Lügnerin weit und breit bist.«

Ich lache auf.

Flirten wir? Auf merkwürdige Weise zumindest?

»Ich glaube, du hast ein verdammt gutes Herz«, sagt er leise. »Nur falls du dich spontan nicht entscheiden kannst, weil du wie beim Stolz zu viel zur Auswahl hast.«

»Du hast eine erstaunliche Fähigkeit, beinahe Fremden wunderschöne Komplimente zu machen.« Meine Stimme ist ungewohnt rau. »Weißt du das?«

»Bis eben eigentlich nicht.«

Klick.

WENN DU ENTSCHEIDEN DÜRFTEST, WER ZUERST STIRBT – DU ODER DIE LIEBE DEINES LEBENS, MIT DER DU VIELE JAHRE VERBRACHT HAST –, FÜR WEN WÜRDEST DU DICH ENTSCHEIDEN? WIESO?

»Juna?« Sein leises Lachen könnte auch der Versuch sein, nicht direkt loszuheulen.

»Du willst hier raus.« Ich wünsche nur, meine Feststellung hätte nicht so entblößend enttäuscht geklungen.

Kurz ist es still. »Jain«, sagt er dann zögerlich.

»Was heißt *Jain*?« Doch das Zappeln meines Herzens erinnert mich schon sehr an das Jubeln, das ich eben vollführt habe. Und Herzen hören ja oft mehr Untertöne als der Rest von einem. Vielleicht weil es im Brustkorb immer so dunkel ist wie hier in diesem Raum und es deshalb auf seine anderen Sinne vertrauen muss?

»Versteh mich nicht falsch, die Frage ist geeignet, um ein verbales Wettpinkeln zu provozieren, aber ...« Er atmet einmal hörbar durch, ehe er leiser fortfährt. »Ich sitze hier und fühle mich trotz dessen schon ganz schön verstörend wohl. So wohl, dass aus einem klaren *Ja, ich will hier raus* ein *Jain* wird.«

Ach, du weises Herz. Und jetzt hör auf, so zu zappeln, dass ich nicht zu reden wage.

117

»Ach so.« Es war nur ein Flüstern. Doch eines, mit dem ich bestimmt ganz schön laut eine ganze Menge über das verraten habe, was ich eigentlich sagen wollte. »Würde meine große Liebe wieder glücklich werden?«

»Wie bitte?«, frage ich irritiert.

»Die Frage: Wenn ich zuerst sterbe, würde sie wieder glücklich werden? Würde sie jemanden finden, der für sie noch eine große Liebe wäre? Moment«, unterbricht er sich dann lang gezogen. »Wäre ich auch ihre große Liebe?«

»Muss große Liebe nicht immer gegenseitig sein?« Dann gerate ich selbst ins Wanken. »Oder mache ich es mir gerade zu leicht? Bin ich naiv? Manchmal find ich Naivität toll.«

»Das hab ich auch erst gedacht. Aber keine Ahnung.«

»Hm. Das ist grad irgendwie desillusionierend. Oder geht es nur mir so?«

»Ich meine, vielleicht definieren wir es einfach so – kann uns ja keiner verbieten.« Doch er nuschelt es so in sich hinein, als fürchte er Einspruch seitens des irren Psycho-Teams.

»Finde ich gut«, stimme ich vorsichtshalber auch nur nuschelnd zu.

»Okay. Also ich finde, es kommt auch auf die Umstände an. Ohne Schmerzen überfahren mit siebzig, wenn sie sonst kurz darauf tödlich erkrankt wäre: sie.

Qualvolles Dahinsiechen mit fünfunddreißig: ich.«

»O Gott, das ist ja furchtbar.« Ich schlage die Hände vors Gesicht und seufze hinein, ehe ich wieder den Blick in die Dunkelheit wage. »Die Frage werde ich nie mehr abgeschüttelt bekommen. Nie.«

»Wow, so theatralisch kenn ich dich ja noch gar nicht. Du wirst also Ärztin, ja?« Doch es klingt vorsichtig.

»Ich werde sie heilen. Alle.« Alle.

»In welche Richtung willst du dich spezialisieren?«

»Onkologie?« Mit einem Mal finde ich das eine sehr fragwürdige Entscheidung.

»Ich denke, dann ist alle zu heilen ein realistischer Vorsatz. Komm schon«, treibt er mich so behutsam an wie ich damals Wolfgang, wenn er zurück in den Stall hüpfen sollte. »Hau die Antwort raus und wir können endlich weitermachen.«

»Wenn es wirklich meine große Liebe ist, sehe ich es wohl wie du. Er soll einfach nur glücklich sein. Und was immer in einer so grauenvollen Situation das höchstmögliche Maß an Glück bedeutet ...« Ich zucke resignierend mit den Schultern. »Soll es ihm gehören.«

»Schön gesagt.«

Klick.

»Okay«, beginne ich. »Die Frage finde ich tatsächlich mal spannend.«

»Ich gebe es ungern zu, aber irgendwie schon, oder? Bestimmt nur eine Falle, um herauszufinden, womit sie uns am meisten quälen können.«

»Muahaha.«

»Juna ... Hör. Auf.«

Nun lache ich echt. »Also wäre das so ein Skala-Ding, würde ich wohl acht sagen. Was mich zufriedener machen würde? Ich bräuchte einen Ruhepol, glaub ich. Ich bin oft so überdreht und kann mich super schwer auf Ruhe einlassen, dabei bräuchte ich sie häufiger. Ich weiß noch nicht, was das sein kann, aber es wäre schön. Mein inneres Tibet. Verstehst du?«

»Ja. Versteh ich gut. Ich glaub tatsächlich, dass das für mich die Musik ist. Würde man mir die nehmen, läge ich wahrscheinlich nur noch bei drei.«

»Und wie zufrieden bist du gerade?«

Er denkt nach. Und als ich das so merke, wird mir klar, wie wenige Menschen in meinem Umfeld einfach nur mal still vor sich hindenken, anstatt dem Wunsch nachzugeben, jede Stille gleich mit etwas zu füllen, damit es nicht langweilig wird. Wie ich. Doch hier und jetzt wird mir auch bewusst, dass die Langeweile gar nichts zu tun hat mit der Stille an sich, sondern damit, auf wessen Worte man wartet. Denn mit Levi ist jede einzelne Stille – seine wie meine – erstaunlich spannend. Weil sie mir in diesem Raum die Möglichkeit gibt, ihm dadurch näherzukommen. Und auch mir.

»Ich will immer sieben sagen«, beginnt er nachdenklich, »aber es stimmt nicht. Ich glaube, ich bin tatsächlich höchstens eine Sechs Komma fünf. Ja, doch. Jetzt, wo ich es ausspreche, klingt das okay. Sechs Komma fünf.«

In diesem Moment begreife ich noch etwas. Etwas, was die ganze Zeit eigentlich unübersehbar vor mir auf dem Sofa lag. Ich begreife, wieso Levi mehr hört als jeder, der mir nahesteht. Stille scheint in ihm keine Angst vor der Wahrheit auszulösen. Stille ist ihm eine Freundin, weil er selbst die Wahrheit so gern hat. Er hasst Lügen. Vermutlich sogar die sich selbst gegenüber.

»Und was würde dich deutlich zufriedener machen?«, frage ich.

Ich bin mir sicher, er kennt auch diese Wahrheit, doch er zögert spürbar.

»Du kannst es ruhig sagen. Du musst mir niemals in die Augen sehen, wenn du es nicht willst – schätze ich zumindest. Also kannst du einfach ehrlich sein.«

Mir war nicht bewusst, dass ein Ausatmen so traurig klingen kann, wie es sein nächstes tut. Und plötzlich zieht sich jedes einzelne meiner Lungenbläschen zusammen, als sich in mir die Frage zu Wort meldet, ob er jetzt seine bescheuerte Ex anführt.

»Vertrauen«, sagt er jedoch leise.

»Oh«, mache ich. Ob er wohl so oft an seine Ex denkt wie ich? »Was glaubst du, wie zufrieden du dann wärst?«

»Auch eine interessante Frage.« Ich glaube, er kratzt sich am Kopf. Oder streicht er sich eher über die Bartstoppeln?

»Vielleicht eine Acht. Oder sogar eine Neun?«

»Klingt erstrebenswert«, sage ich vorsichtig.

»Und was würde dein Leben schlechter machen?«, will er wissen.

»Schließen wir das Offensichtlichste wie furchtbare Krankheiten, Tod und so aus?«, frage ich gequält nach.

»Ich hab es gemacht, weil die Liste sonst nicht nur ellenlang, sondern auch niederschmetternd wäre.«

»Gute Idee.« Und nun muss ich nachdenken. Und denke noch ein bisschen länger nach. Und noch einmal. Doch ich komme einfach nicht drum herum.

»Tut mir leid.«

»Was tut dir leid?«, fragt er verwundert.

»Was ich jetzt sagen werde. Weil wir das eigentlich ausklammern wollten. Aber die Wahrheit ist: Meine Mutter ist vor drei Jahren an Krebs erkrankt. Die Therapie hat angeschlagen – Gott sei Dank. Aber was in dieser Zeit in unserer Familie los war ...« Ich schüttle den Kopf und muss mehrfach schlucken, ehe ich weitersprechen kann. »Und jedes Mal, wenn eine Untersuchung ansteht oder so, dann flippen alle wieder aus. Weil für den Moment geheilt halt noch nicht heißt für immer geheilt. Wenn der Krebs zurückkäme, das wäre das, was mir den Boden unter den Füßen wegziehen würde.«

»Verständlich. Das tut mir so leid.«

»Ich würd jetzt echt gern sagen: Ist ja vorbei. Aber in dem Punkt habe mal *ich* noch nicht genügend Vertrauen. *Ich werde sie alle heilen* ist am Ende eben nicht mehr als eine gigantische Illusion.« Ich schlucke.

Kurz ist es still.

»Ich brauch kein Bett heute Nacht«, sagt er dann sanft.

Was mich so anrührt, ist die Tatsache, was er gerade wirklich gesagt hat. *Ich höre zu, solang du reden willst.*

»Das ist lieb, aber können wir einfach auf den Knopf drücken?«

»Klar.«

Klick.

WAS WAR DEIN SCHÖNSTES ERLEBNIS IN DIESER WOCHE?

Mir entkommt ein leises Lachen, das die bis gerade noch brennenden Tränen vertreibt. Denn die Frage platzt so seltsam unpassend und perfekt zugleich in den Moment. Und auch wenn ich die Stille während der hinter uns liegenden Fragen und Antworten sehr zu schätzen gelernt habe, bin ich dankbar, dass sich nun eine beglückende selbst geschaffene Frage in ihr ihren Platz sucht. Will mir auch nur irgendetwas einfallen, was schöner war als genau das hier? Meine Zeit mit Levi?

»Du«, sagt er da leise. Und in dieser einen Silbe glaube ich, einen sich verirrten Herzschlag gehört zu haben. Oder vielleicht hat sich die Silbe auch einfach nur irgendwo zwischen meinen Herzschlägen verirrt.

Denn er spricht nicht nur von der Zeit mit mir. Er spricht von *mir*. Da wird mir klar, dass ich das Gleiche meinte.

Nicht die Zeit mit Levi.

Levi.

»Du.«

Und dann ist da mit einem Mal eine noch so andere Art von Stille, in der ich noch nie so herrlich geschwebt bin wie in diesem Augenblick. Eine Stille wie kurz vor einem ersten Kuss. Nur ohne ersten Kuss.

Will ich ihn küssen?

Ist es vollkommen verrückt, gerade auch nur an so etwas zu denken?

Rasch taste ich nach dem Knopf, treffe aber auf eine Hand. Auf warme Levi-Haut. Und zucke zurück.

Klick.

Vielleicht ist es nur diese blecherne Stimme, die mich gerade aus allem herausreißt. Vielleicht liegt es auch an der Tatsache, dass die Frage so in diesen Kuss-Gedanken und das Warme-Haut-Gefühl platzt. Doch plötzlich sprudelt es aus mir heraus wie aus einem der Geysire, die ich auf Island so gern beobachtet habe.

»Dass mein Vater mir einmal gesagt hat, eines Tages wird einem Mann auffallen, dass ich an der einen Wange nur ein Grübchen und an der anderen zwei habe. So wüsste ich, dass er mich wirklich angesehen hat.«

O Gott, ist das peinlich!

Laut ausgesprochen klingt es grauenvoll. Kitschig und Papa-kindig und anbiedernd und … so, so lächerlich.

Ich lege die Hände vor das Gesicht. Wünsche, dass es wenigstens nicht noch andere Zeugen als Levi gäbe, die in ein paar Monaten auf Weihnachtsfeiern über genau diesen Moment hier reden werden. Ich halte die Luft an, während es sich das Schweigen zwischen uns so bequem macht, dass ich mich nicht wundern würde, wenn ich jeden Moment vom Sofa purzelte. Das täte vermutlich echt weh. Aber das tut es auch jetzt schon, während es drückt und quetscht, ohne dass Levi sich ihm entgegenstellt.

»Dabei ist das echt schön.«

Fünf kleine dahergemurmelte Worte aus seinem Mund und das Drücken und Quetschen fühlt sich mit einem Mal vielmehr nach fröhlichem Stupsen und liebevollem Knuffen an.

»Solltest du aber vermutlich dennoch nicht verraten, um herauszufinden, ob er dich echt ansieht.«

»Ja, vermutlich.« Mein Lächeln klingt so breit, als reiche es von einem Ende des Sofas bis zum anderen. »Und du?«

»Hm«, macht er. »Vermutlich würde ich für mich behalten, dass ich mal den Soundtrack zu einer Liebesszene schreiben wollte. Das wäre irgendwie lächerlich. Und womöglich auch etwas überheblich.«

»Total. Ich meine, gerade bei Dates sollte man ohnehin viel weniger über Träume und so nen Kram reden.«

»Ja. Und wahrscheinlich würde ich auch nicht vom potenziellen Tod meiner großen Liebe sprechen. Falls sie sehr zart besaitet ist, könnte sie das minimal verunsichern.«

Nun muss ich lachen. »Mhm. Könnte sein, dass dir das falsch ausgelegt wird. Selten so ungern die große Liebe eines Mannes gewesen und so.«

»Ich sehe, du verstehst mich.«

»Klar.«

»Weiter?«
»Weiter.«
Klick.

ENTSCHEIDET EUCH GEMEINSAM FÜR EIN LIED, ZU DEM IHR TANZEN WOLLT.
STELLT EUCH VOREINANDER HIN UND WARTET, BIS DIE MUSIK EINSETZT.

Bubbudum bubbudum bubbudum … Mein Puls spielt harte Techno-Beats. Die sind hier gerade wirklich nicht zu gebrauchen.

»Ich überlasse dem Musiker die Wahl«, sage ich viel zu Herzgeklopfe-untermalt.

»Okay.« Es kommt mir vor, als hingen dort noch unzählige Worte in der Luft, die in dem einen mitschwingen. Vielleicht auch eher Fragen. Doch er stellt sie nicht. Lässt nicht eines der Worte laut werden, sondern schluckt sie hörbar herunter, ehe er spricht.

»Tommy Emmanuel, *Questions*.«

Und an dieser Stelle habe ich keine Ahnung, was auf mich zukommt. Doch an dieser Stelle sage auch ich einfach nur: »Okay.«

Meine Beine erscheinen mir nicht so stabil, wie Beine es eigentlich sein sollten. Und doch stehe ich auf — die Handflächen auf das Sofa gestützt, das wummernde Herz eingekeilt zwischen Magen und Lunge. Es erscheint mir viel zu groß. Vielleicht weil es so voll ist von allem, was ist. Hier und jetzt einfach ist, ohne dass ich es recht greifen könnte. Mit den Füßen den Boden abtastend trete ich vom Sofa weg, damit wir etwas

Platz haben, und wende mich in Levis Richtung.

»Hm«, macht er irritiert.

»Was ist?«

»Wo bist du?«

»Hier.«

»Sehr hilfreich«, erwidert er grinsend. »Red mal weiter.«

»Ich bin hier«, wiederhole ich, während ich mich in Richtung Sofa drehe. »Ich bin etwas vom Sofa weggegangen.«

»Gar nicht leichtsinnig. Aber du liebst ja die Gefahr.« Sein Murmeln ist ganz nahe. Dann streift seine Hand erst mein Haar auf Höhe des Ohres, und ich zucke zusammen. »Sorry.«

Ich schlucke. Denn plötzlich scheint alles von ihm so nahe – nicht nur Stimme und Hand, auch etwas, was ich gar nicht recht verstehe. Und irgendwie doch durch und durch.

Er lässt die Hand sinken, meinen Oberarm entlangfahren, hinunter bis in meine Hand, während er noch einen Schritt näher kommt. Seine Finger schieben sich behutsam zwischen meine. »Wenn ich dir zu nahe trete oder so, sag Bescheid, ja?« Sein Daumen streicht für einen winzigen Moment über meinen Handrücken.

»Keine Sorge«, flüstere ich und, gefangen in seinem Geruch, kann ich mir nichts vorstellen, womit er mir in diesem Moment zu nahe treten könnte.

Und dann setzt die Musik ein. Gitarrenklänge, einzelne Töne, jeder hat seinen Platz, doch zusammen sind sie ein einziges Stück. So sacht, wie mich Levis Hand bittet, noch ein wenig näher zu kommen. So sacht, dass ich es einfach ignorieren könnte. Doch das will ich nicht.

Vorsichtig trete ich an ihn heran. Seine freie Hand legt sich auf meinen unteren Rücken, und ich hebe meine, um sie in seinen Nacken zu legen. Dann beginnt Levi, sich zu bewegen. Im ersten Moment überrascht mich nach unseren Gesprächen, dass er führt, und doch ist es erstaunlich einfach, sich darauf einzulassen. Die Musik erscheint mir immer sanfter, je mehr sich unsere Körper einander annähern, sehr annähern, wie auch die Töne mehr und mehr ineinander verschwimmen. Bis sie sich überlagern.

Levis nicht glattrasiertes Kinn streift meine Schläfe und scheucht eine leise Gänsehaut meinen Rücken hinunter. Meine Nase streift seine Schulter. Ich kann den Geruch seines Deos, seines Parfums, seiner Haut unterscheiden.

Habe ich jemals so bewusst gerochen wie hier in der Dunkelheit, wie hier bei ihm? Mit einem genüsslichen Einatmen schließe ich die Augen. So schön ist es. So schön. Mein nächstes Ausatmen ist ein leises Seufzen.

Seine Hand löst sich so vorsichtig von meiner, wie sie sie umfasst hat – als flüstere sie noch zärtliche Verabschiedungen. Mit nur zwei, höchstens drei Fingern streift er meinen Arm hinauf, lässt sie ein Stück über meine Schulter wandern.

Ich halte den Atem an unter der Frage, ob er vorhat, mich zu küssen. Doch die Luft vibriert in meiner Lunge erwartungsvoll vor sich hin, sodass ich wieder ein bisschen Levi ein- und nur halb ausatme.

Seine Hand streicht mir durchs Haar, ehe sie meinen Rücken hinabfährt – über mein Schulterblatt bis neben seine andere Hand. Sein Daumen streicht in winzigen Bewegungen über ein Stückchen meiner Wirbelsäule, meiner wagt sich seinen Haaransatz im Nacken entlang.

Und dann ... verklingen die letzten Töne. Und alles, was uns noch bleibt, sind ein paar sanfte Bewegungen, ist ihr Nachhall, als auch sie nicht mehr sind.

Und dann ... Stille. Stille, in der ich noch zu hoffen wage, jemand hätte aus Versehen auf Repeat gedrückt.

Doch die Stille bleibt und bringt die Frage mit, wie man nun auseinandergeht. Zögerlich löst er die Hände von meinem Rücken. Ich lasse meine wieder sinken und die angehaltene Luft so geräuschlos wie möglich aus meinen Lungen strömen, finde aber auch darunter keine passenden Worte. Nicht einmal unpassende.

»Redebedarf«, murmelt er rau, »oder weiter?«

Mir entkommt ein dahingelächeltes Ausatmen. »Beides.«

»Also setzen?« Ich nicke und wünschte, es würde genügen. »Okay«, flüstert er da zu meiner Verwunderung, tritt einen Schritt zurück und nimmt seine

Wärme mit.

Ich brauche etwas länger, um mich durch die Dunkelheit und die Trümmer der lautlosen Gefühlsexplosion ein Stückchen vorzuarbeiten. Doch nach ein paar unsicheren Schritten bleibe ich stehen.»Levi?«

»Sag bitte nicht, du findest das Sofa nicht.«

»Doch«, erwidere ich schuldbewusst.

Er lacht leise.»Ich auch nicht. Wir müssen uns gedreht haben.« Dann erklingt ein Rumpeln, gefolgt von einem leisen Fluchen.

»Alles okay?«

»Ja, aber das hier ist definitiv kein Sofa. Ein …« Es klingt, als streifen seine Finger über etwas.»Tisch.«

Etwas fällt leise klackernd zu Boden, ich zucke zusammen.»Was war das?«

»Ich glaub, ein Stift ist runtergefallen. Es liegen Blätter auf dem Tisch.«

»Im Notfall räumen wir ihn leer und setzen uns einfach darauf«, schlage ich seufzend vor.»Na ja, falls ich dich finde.«

»Ich muss dich enttäuschen. Er wirkt nicht, als könnte er auch nur einen Menschen tragen. Außerdem haben wir dann die restlichen Fragen nicht und können das Experiment nicht zu Ende machen.«

Langsam wird mir mulmig. Es ist keine Angst, nicht so richtig. Es ist mehr das Gefühl, verloren zu sein. Das Sofa war mein sicherer Hafen, Levi mein Anker. Doch jetzt, so allein und ohne den kleinsten Anhaltspunkt, wird mir anders zumute.

135

»Können wir vielleicht erst mal schauen, dass wir uns finden?«, bitte ich, drehe mich einmal um die eigene Achse, und meine Hände greifen in die Dunkelheit – auf der Suche nach ... irgendetwas.

»Hey«, sagt er sanft. »Keine Sorge. Wir finden uns schon.«

Ich schlucke und starre ins Dunkel. Dahin, wo mein Anker etwa ist. »Okay.« Doch ich muss die Augen schließen, um mir einzureden, dass es nur deshalb dunkel ist, dass ich jederzeit etwas ändern kann, wenn ich nur will. Dass ich die Situation unter Kontrolle habe. Alles.

»Okay«, sagt auch er, nur um einiges gefasster als ich. Und so unendlich beruhigend. »Hörst du, dass ich nicht weit weg bin?«, fragt er beinahe liebevoll.

Ich nicke. »Ja«, presse ich dann hervor.

»Gut, Juna. Du müsstest mir ein bisschen helfen, dich zu finden, okay?« Doch er klingt schon ein wenig näher. »Streck deine Arme aus in die Richtung, in der du mich vermutest.«

»Okay«, flüstere ich und drücke die ohnehin schon erhobenen Arme durch, in der unsinnigen Hoffnung, bereits im nächsten Moment wieder sein Shirt zu streifen.

Verdammt, wieso fühle ich mich denn mit einem Mal so hilflos?

»Erzähl mir, welche Musik du sonst so hörst, wenn dich kein Gitarrist zwingt, seinen Kram zu hören.«

Ist er echt noch näher oder ist das Wunschdenken?

Meine Lippen versuchen sich angestrengt an einem Lächeln. »Recht unterschiedlich«, beginne ich dann. »Aber ich mag Gitarrenmusik echt gern, wenn du dich das gefr-« Warme Levi-Haut an meiner Hand. »O Gott«, entkommt es mir viel zu erleichtert.

»Hey«, flüstert er, und ich könnte nicht sagen, wer oder was dazu geführt hat, dass ich im nächsten Moment in seinen Armen liege. »Alles gut«, murmelt er in mein Haar.

Mir entkommt ein kleines Lachen, dem die Erleichterung einen hysterischen Unterton verpasst. »Ja, ist schon wieder gut.«

»Sagt die Frau, die sich in mein Shirt krallt.« Doch er lächelt hörbar.

»O Mann, das tut mir leid.« Und ist mir verdammt peinlich. Sofort lasse ich los.

»Kein Ding.« Seine Hand streift von meiner Schulter aus zu meiner Hand und umschließt sie dann. »Komm, wir gehen ein Sofa suchen.«

Und gemeinsam mit seinen können sich meine Füße wieder rühren. Einen Arm vor mir ausgestreckt taste ich mich Hand in Hand mit Levi langsamst durch die Finsternis. Wie er mich führt, erscheint mir halbwegs systematisch. Bis mein Schienbein das Polster streift.

Hektisch greife ich hinab. »Hier«, rufe ich, als ich mir sicher bin. Herrje, als stünde er nicht direkt neben mir.

»Vermutlich bist doch du der Spürhund.« Er grinst.

»Ja, hätte dich keine Sekunde gebraucht«, gebe ich

abgeklärt zurück und er lacht leise.

Vorsichtig lassen wir uns auf das Polster sinken und lösen nur langsam die Hände voneinander. Und wieder ist da ein bisschen das Gefühl, etwas verloren zu haben. Doch in diesem Moment ist es beinahe schön. Weil manches Verlustgefühl einem nur zeigt, was man gerade gewonnen hat.

»Danke«, flüstere ich da.

»Gern«, kommt es von der anderen Seite des Sofas zurück.

Klick.

WENN DAS HEUTE EUER LETZTES TREFFEN GEWESEN SEIN SOLLTE: WAS
MÖCHTET IHR EINANDER NOCH SAGEN?

Es ist das erste Mal, dass eine Frage meinem Herzen so
richtig brutal ein Beinchen stellt. Ist es vorbei? O
Gott … Nicht gerade jetzt. Bei dem Gedanken bricht in
meinem Inneren ein solches Chaos los, dass ich gar
nicht weiß, wie ich das wieder aufräumen soll.

»Ähm«, macht Levi, als betrachte auch er all das
Durcheinander in mir und wüsste nicht recht, wie er
mir da noch Hoffnung machen soll, dass das wieder
wird. Dann sagt ein weiteres Mal keiner etwas, bis er
tief Luft holt und mit dem Ausatmen auch ein paar
Worte hinausschickt. »Meine Hoffnungen wurden bei
Weitem übertroffen?«

»War das eine Frage?«

»Nein. Nein …« Sein leises Lachen klingt unsicher.
»Ich meine … Das hört sich nur so stumpfsinnig an. So
mickrig. Weißt du?« Seine Worte rühren mich. »Es
war«, beginnt er noch einmal, und seine Unbeholfen-
heit macht mein Lächeln nur noch breiter und weicher
und so viel glücklicher. »Also wenn das hier ein Date
gewesen sein sollte …«

»Hätte, wäre, würde?«, frage ich, als er nicht weiterspricht.

»Genau dann«, erwidert er grinsend, »dann war es nicht nur das außergewöhnlichste, sondern auch ... Es war schön, Juna. Super schön, dich kennengelernt zu haben hätte wäre.«

»Fand ich auch. Ich glaube, ich kann reinen Herzens behaupten, dass ich noch nie in der Gegenwart eines anderen gewagt habe, mir so sehr selbst zu begegnen. Das finde ich ... außergewöhnlich. Außergewöhnlich schön. Danke dafür.«

Dann schweigen wir wieder. Sekündlich wächst meine Sorge, dass jeden Moment die Tür aufgerissen wird und uns mit dem Licht auch die Realität überrollt, als wecke mich jemand aus einem schönen Traum. Ich will hier nicht raus.

»Tja, so schnell wird aus einem Jain ein Nein«, sagt er wehmütig, als hätte er meine Gedanken belauscht.

Soll ich ihn nach seiner Nummer fragen? Noch einmal danach, ob wir uns wiedersehen?

»Das kann doch nicht schon Frage dreißig gewesen sein, oder?«, unterbricht er da meine Gedanken. Er klingt so traurig, wie ich mich bei dem Gedanken an das Ende fühle.

»Kommt mir auch nicht so vor«, murmle ich.

Womöglich bleibt uns ja noch mehr, als ich bei der Frage erwartet habe. Vielleicht noch eine kleine Runde lang Levi und Juna. Levi und Juna ...

»Willst du drücken?«, frage ich kaum hörbar.

»Unbedingt«, antwortet er kein bisschen lauter.

Klick.

STEHT AUF UND STELLT EUCH VOREINANDER HIN. WENN IHR MÖCHTET, HABT IHR NUN DIE CHANCE, EUCH ZU KÜSSEN.

O Gott. In mir bricht ein Sturm los, der mich ohne Probleme einfach davonweht. Brutal und zärtlich zugleich. Levi küssen … »Heilige Scheiße«, brummt der wie eine Zauberformel ins Auge des Tornados. Jedes Wirbeln kommt sogleich zum Erliegen.

»Oh, danke«, erwidere ich eindeutig zu getroffen, ehe ich mich wieder im Griff habe. »Sie sprachen von *wollen*. Das hier ist ein Nicht-Müssen-Raum – schon vergessen?«

Dennoch wünschte ich, er hätte ein schlichtes *Nein, danke, vielleicht besser nicht* von sich gegeben.

Das Sofa bewegt sich unter mir, als rücke er näher. Oder fort …

»Hey. So war das echt nicht gemeint – sorry!« Nein, näher. Eindeutig näher. »Ich dachte nur: Eben labere ich noch etwas von wegen zu nahe treten, und jetzt schlagen die vor, sich zu küssen.«

»Ach so.« Und dann lache ich noch etwas dümmlich.

Für einige Sekunden herrscht Stille, und ich kann

beim besten Willen nicht sagen, ob sie gut ist oder einfach nur grauenvoll.

»Was nicht heißt, dass ich es nicht machen würde«, sagt er da zögerlich.

Ich presse die Lippen aufeinander, damit mein Herz nicht einfach auf meine Zunge hopst und ihm meinen inneren Freudentanz vorführt.

»Mhm«, mache ich, bin mir aber ziemlich sicher, dass mein unterdrücktes Grinsen nicht zu überhören war.

»Mhm?« Die Art des neckenden Nachahmens klingt so sehr nach dem Typen, den ich nicht erst in diesem Moment zum ersten Mal küssen will, sondern schon seit einer ganzen Menge Minuten.

»Ja«, flüstere ich.

»Ja zum Kuss?«

»Mhm«, mache ich noch einmal. »Also stehen wir auf oder willst du noch etwas sagen oder …?«

»Du zerdenkst, liebe Juna.« Sein Murmeln klingt bereits wie dieser wundervolle Moment kurz vor dem Kuss.

»Weil ich nervös bin.«

»Ich auch.« Und doch steht er auf.

Ich gebe meinem Herzen noch ein paar Schläge, um sich auszutoben, ehe es auf Levis treffen wird. Erst dann wage ich, mich zu erheben.

»Lauf nicht wieder weg, ja?«, flüstert er zärtlich.

»Tu ich nicht«, flüstere ich zurück. In meinem Bauch

kitzelt es, als zerplatzten dort ein paar selbst im Dunkeln schimmernde Seifenblasen. Wie dankbar ich gerade bin, dass es hier wenigstens keine Kameras gibt … Beinahe ist es schon ein klein wenig vertraut, als seine Hand mein Haar berührt, ehe er sich nähert.

Seine Finger kämmen mir zärtlich ein paar Strähnen zurück, sein Daumen streicht von meinem Mundwinkel aus über meine Wange. Die mit den beiden Grübchen. An jeder verweilt er einen kaum zu fassenden Moment.

Ich sehe dich, wispert die Geste.

Dieses Mal legt sich meine Hand absichtlich auf seine Brust. Im nächsten Moment kann ich fühlen, wie er sich zu mir vorbeugt, herunter zu meinem Mund. Warmer Atem streicht darüber hinweg. Die kitzelnde Vorfreude in meinem Bauch bekommt etwas nahezu Rabiates.

Seine Nasenspitze streift zärtlich meine Nase, seine Lippen berühren für einen winzigen Moment meinen Mundwinkel, ehe sie sich ganz auf meine legen. Der Kuss ist sanft und weich. Seine Lippen sind warm, ihre Bewegungen sind vorsichtig. Und mein Bauch ist ein einziges bunt schimmerndes Durcheinanderwirbeln und -schweben und -zerplatzen.

Meine freie Hand legt sich in seinen Nacken, während seine durch mein Haar bis auf meinen Hinterkopf wandert. Sein Kopf, mein Kopf legen sich im selben Augenblick ein wenig schräger, ehe meine Zunge gegen seine Lippen stupst. Als unsere

Zungenspitzen im nächsten Moment aufeinandertreffen, tut es beinahe weh, ihm nicht näher zu sein. Als ginge es ihm nicht anders, vergraben sich seine Finger zärtlich in meinen Haaren, seine andere Hand legt sich auf meinen unteren Rücken und zieht mich an ihn. O Gott. Ist das alles so intensiv, weil oder obwohl wir uns nicht sehen? Noch nie habe ich mich bei einem ersten Kuss so sehr danach gesehnt, mich aufzulösen.

Wir küssen uns eine ganze Weile, ehe sich erst unsere Hände zurückziehen und irgendwann auch unsere Münder voneinander ablassen. Ein paar Sekunden hängt sein schwerer Atem noch aus nächster Nähe über meinen Lippen, um sich mit meinem zu mischen. Dann richtet er sich mit einem letzten bebenden Ausatmen auf.

»Okay«, flüstert er so leise, dass ich nicht mit Sicherheit sagen kann, dass es wirklich ein Wort war.

»Das war«, beginne ich, finde aber keine Worte.

»Ja«, raunt er dennoch.

Ich will nicht, dass es hier vorbei ist. Am liebsten würde ich mich gegen die Tür stemmen, damit niemand rein, niemand raus kann.

»Setzen?«, frage stattdessen dieses Mal ich.

»Okay.«

Und das tun wir, lassen uns in unsere Ecken sinken, auch wenn es mir in diesem Moment so etwas wie unnatürlich erscheint.

»Und jetzt?«, fragt Levi herrlich unbeholfen.

Ein weiteres Mal überlege ich, ob ich ihn nach seiner Nummer fragen soll. Doch irgendetwas verrät mir, dass er es bereits getan hätte, wenn er es wollte. Also ...

»Keine Ahnung. Sollen wir schauen, ob uns dieses Ding hier noch etwas zu erzählen hat? Vielleicht war das auch nicht Nummer dreißig?« Klinge ich verzweifelt? Zumindest naiv?

Anstatt zu antworten, drückt Levi den Knopf.

Klick.

Und tatsächlich ...

»Ja«, entscheide ich ohne das kleinste Zögern.

»Ja«, sagt auch er, doch das Wort scheint auf klapprigen Beinchen zu stehen. »Du kannst dir nicht vorstellen, wie sehr.«

»Ich denke schon.« Mein Lächeln verrät vermutlich sogar im Dunkeln mehr, als Worte es je könnten.

»Das Licht wird eingeschaltet in fünf Sekunden«, erklingt es aus dem Lautsprecher. Ein so blecherner Laut in einem so weichen Moment. Seltsam.

Dann geht in einer Ecke schräg hinter Levi ein Licht an, und obwohl es nur eine Stehlampe ist, muss ich die Augen zusammenkneifen und lege die Hände vor das Gesicht, weil es nach all der Zeit so schmerzt.

»Ist das gemein«, murmle ich. »Tut dir das Licht auch so weh?«

»Langsam geht es.«

»Du kannst mich schon sehen? Das ist unfair.«

»Eigentlich nicht.« Seine Stimme ist ruhig und klingt auf eine Weise fremd, dass ich die Hände sinken lassen und gegen das Licht ankämpfen muss, um ihn zumindest aus von Wimpern geschützten Schlitzen ansehen zu können.

Ihn trifft das Licht nicht so brutal, mich umso mehr.

»Hi«, flüstere ich.

Während es zu Beginn des Experiments die Dunkelheit war, die alles hat lauter erscheinen lassen, ist es nun die Helligkeit, die meine Stimme drosselt. Es ist der Moment, es ist dieser noch etwas schemenhafte Anblick des Mannes, der mein Herz ein paar Stunden lang immer wieder zum Tanzen gebracht hat, was mich vor lauter Ehrfurcht leiser werden lässt.

»Hey.«

Diese Stimme lässt mich lächeln. Doch er lächelt nicht, tut nichts. Sitzt reglos da, als warte er auf irgendetwas. Etwas von mir. Es fühlt sich seltsam an.

Ich blinzle noch ein paarmal, und mit jedem Zu und Auf meiner Lider lassen sich meine Augen mehr auf die Beleuchtung ein, bis ich wieder ganz normal sehen kann.

Seine dunklen Augen blicken mir ins Gesicht, aber irgendetwas stimmt nicht, ohne dass ich sagen könnte, was.

Ich fühle mich noch seltsamer, versuche, in dem mir noch fremden Gesicht zu lesen, doch es fällt mir so viel schwerer, als eben noch seine Stimme zu deuten. Unbehaglich rutsche ich ein wenig auf meinem Platz herum, und er blickt mich mit einem Mal nicht mehr direkt an, als fordere das an mir klebende Schweigen mehr Aufmerksamkeit als ich.

Er sitzt nur dort, auf der anderen Seite des tatsächlich roten Sofas, mit der Schulter seitlich gegen die Rückenlehne gelehnt, die Hände auf den angewinkelten

Beinen abgelegt, in der Ecke neben ihm ein zusammengeklappter Stock.

Er.

Levi.

Ich blicke vom Stock wieder auf, ihm in die Augen, öffne den Mund, schließe ihn wieder. Nun weiß ich, worauf er wartet. Auf ein Wort von mir. Irgendeins. Weil er meine Miene nicht deuten kann. Weil er mich nicht sieht – in welchem Licht auch immer.

»Was denkst du gerade?«

Ich habe nicht erwartet, das mal von irgendeinem Typen zu hören.

Ich schüttle nur den Kopf, auch wenn es nichts bringt.

Er legt seinen Kopf etwas schief. »Auf einer Skala von eins bis zehn: Wie schockiert bist du?«

Doch ich kann nicht sprechen.

Auf mich regnen mit einem Mal so viele Erkenntnisse nieder – kalt und auf eine Weise, dass ich wünschte, meine Seele hätte ein Vordach, wo man sich unterstellen kann.

Patsch, patsch, patsch ...

Wieso er so eine Abneigung gegen Menschen mit Helferkomplex hat. Wieso er damals diese Treppe runtergefallen ist. Wieso ihm Äußerlichkeiten nicht so wichtig sind. Wieso er dennoch vermutlich auch bei einem normalen ersten Date nach meiner Haarfarbe gefragt hätte.

Was er gemeint hat, als er sagte, ich könne mir nicht vorstellen, wie gern er mich tatsächlich sehen würde. Und dass ich behauptet habe, ich könnte es.

Ich schäme mich zutiefst.

»Bist du vollständig blind?«, frage ich zu zittrig.

»Du nutzt deine Zeit, find ich gut. Ist das denn so wichtig?«

Ich mag seine Mimik. Mag sie so sehr. Das anerkennende Nicken nach seinem ersten Satz, noch so viel mehr sein Lächeln, bis oben hin voller Traurigkeit, das auf seine Frage folgt.

»Nein. Ich ...« Ich räuspere mich. »Ich versuche ... zu verstehen.«

»Reicht dir die Rückfrage, ob du so schön bist, wie du dich anfühlst?«

Für einen Moment schließe ich die Augen. Island ... Ein Bildband. Wieso hat er einen Bildband? »Immer schon?«, frage ich und hebe die Lider wieder. Es ist so unwirklich, ihn zu sehen.

»Nein. Ich bin erst seit Kurzem nur noch bei einem Prozent, aber ich hab schon als Kind vergleichsweise schlecht gesehen und bereits einige Zeit beinahe nur noch Umrisse, Licht und Schatten.«

Himmelblau ... Niemals Himmelblau.

Ich nicke. Und er kann es nicht sehen. Für ihn sitzen wir noch immer in diesem dunklen Raum, den ich eben verlassen habe. Aber zumindest weiß er so auch nicht, dass mit einem Mal Tränen in meine Augen wollen, die mir unsagbar gemein vorkommen. Ich wollte ihn so unbedingt sehen, und nun kann ich es endlich, und ich sehe nur noch eines: dass er eben nicht sieht.

Ich versuche, mich auf alles andere zu konzentrieren – das, was nun mehr ist. Seine dunklen Haare, den Hauch eines Bartes, dessen raue Unebenheit so viel Sehnsucht in meinen Fingerspitzen geweckt hat. Sehnsucht, die bis in meine Lippen gewandert ist, ohne dass ich seine zu berühren gewagt habe.

Du bist eine verfluchte Neun Komma fünf und weißt es nicht ...

Mein Blick wandert weiter hinab. Es ist offensichtlich, dass er Sport macht, ohne dass es ansatzweise übertrieben wäre. Er hat eher die Figur eines Schwimmers – und die mochte ich immer schon.

Kann er schwimmen? Noch schwimmen? Ohne im Meer zu weit draußen oder im Schwimmbad in der falschen Bahn und in fremden Körpern zu landen?

Und wieder bin ich nur beim Nicht statt bei all dem, was so toll an ihm ist.

»D- deine Augen sind braun«, flüstere ich und betrachte die dichten, schwarzen Wimpern.

So schöne Augen ...

»Echt?« Seine Stimme trieft vor so viel Ironie, dass man sie vermutlich nie wieder vollständig aus den Polstern rausschrubben kann.

»Das meinte ich damit nicht.« Und doch klingt es wie eine Entschuldigung.

»Sorry, aber ist irgendwie ein nicht so geiles Gefühl,

dass du mich bestaunst wie einen Affen im Zoo, während ich dasitze wie ... na ja ... ein Affe im Zoo halt.«

»Ich hab mich nur beim Befühlen deines Gesichts gefragt, welche Haarfarbe du hast, welche Augenfarbe. Sogar, welche Farbe dein Shirt hat. Also ist es nicht okay, dass ich nun all das ... entdecke?«

Kurz ist es still. »Welche Farbe haben deine Augen?«, fragt er dann.

»Grau-blau. Mehr grau. Ich bin irgendwie erstaunlich farblos, fällt mir grad so auf.«

Ihm entkommt ein winziges Lachen, das ich nicht einzuordnen weiß. »Deine Stimme ist es nicht, falls dich das beruhigt.«

»Tut es irgendwie«, flüstere ich.

Und dann schweigen wir wieder. Gerade wir, die einfach nicht aufhören wollten zu reden, für die Stille nur hieß, Anlauf zu nehmen für die nächsten Worte von wahrer Bedeutung ...

Ich erwische mich bei der Frage, ob wir uns mehr zu sagen hätten, wenn er sehen könnte. Würden wir dann gerade strahlend dasitzen und plaudern? Und das Schlimmste ist: Das Problem bin nur ich.

Ist es nicht erschreckend, wie schnell man sich wieder dem Offensichtlichen widmet, sobald das Licht angeht? Wie traurig das doch ist, wie oberflächlich ich bin, wie einfach gestrickt, sobald es darauf ankommt, in anderen Mustern zu denken.

Dabei verstehe ich selbst nicht recht, wieso das alles für mich so groß ist. Weil ein Teil von mir ihn in Gedanken schon mit nach Tibet genommen hat? Weiß ich überhaupt, ob ich das nicht könnte? Weil ich dachte, er könnte mir *Reality Bites* zeigen und ich ihm zig Filme, die ich liebe? Weil ich gehofft hatte, er könnte mich ansehen und trotzdem mehr als eine Sechs Komma fünf entdecken? Schweige ich plötzlich, weil ich Sorge habe, ihm mit jedem weiteren Wort auf die Füße zu treten? Weil ich mich frage, mit wie vielen ich schon in Fettnäpfchen gestapft bin, die ich im Dunkeln nicht erkennen konnte?

Statt uns weiter Juna und Levi sein zu lassen, mache ich aus irgendwelchen bescheuerten Gründen alles zunichte, trample ich auf dem schönsten Erlebnis meiner Woche herum wie ein Elefant, von dem ich noch zu Beginn unserer gemeinsamen Zeit geleugnet habe, etwas mit ihm gemein zu haben.

Als ohne unser Zutun wieder die blecherne Stimme aus dem Lautsprecher dringt, zucken wir beide zusammen.

AUF DEM KLEINEN TISCH IN DER ECKE LIEGEN FÜR JEDEN EIN BLATT UND EIN STIFT BEREIT. BITTE LEST EUCH DIE ANWEISUNG DURCH UND KREUZT DANN AN.

»Ich hol sie«, sage ich schnell.

»Ein Hoch auf den Helferinnenkomplex.« Seine Arme deuten eine Mini-La-Ola-Welle an. Ich weiß beim besten Willen nicht, wie ich darauf reagieren soll. Erst als ich vor den Blättern stehe, wird mir das eigentliche Problem klar: Er kann sie ja nicht lesen.

»Ähm«, mache ich, während ich die Blätter hochnehme.

»Du kannst nicht lesen?«, fragt er mit leiser Provokation, als hätte er meine Gedanken gehört.

Doch bei genauerem Hinsehen wird mir klar, dass nicht eines der Blätter verkehrt herum liegt und deshalb weiß ist, sondern es ist mit Brailleschrift bedruckt. Er kann es sehr wohl lesen.

»Ich geb Bescheid, wenn ich über ein Wort stolpere«, erwidere ich also, und zum ersten Mal lächelt er wieder, wenn auch klein.

Gott, wie er lächelt …

Schnell blicke ich auf das Blatt, überfliege den kurzen Text, während ich mich wieder in Bewegung setze.

Levi streckt die Hand aus, sodass ich ihm Blatt und Stift geben kann. Beides legt er auf das Sofa, die Hand auf das Papier, tastet nach dem ersten Buchstaben, fährt mit dem Finger die Reihen entlang. Es birgt eine gewisse Faszination, es zu beobachten. Ich muss mich geradezu von dem Anblick losreißen, um mich auf den Text zu konzentrieren.

Ob ich ihn wiedersehen will, wird dort gefragt. Wenn wir es beide wollen, erhalten wir in den kommenden Tagen die E-Mail-Adressen.

Ich muss nicht nachdenken. Es gibt nicht die kürzeste Überlegung, ob meine Antwort nun Ja oder Nein lautet. Ich mache mein Kreuz und blicke dann zu ihm.

Seine Fingerkuppen streichen ein Stück weit unter den Zeilen mit den kleinen Erhebungen über die beiden Antwortmöglichkeiten, und auch er macht sein Kreuzchen. Auch ohne zu zögern.

Nach all den Worten, nach seinen Fingern auf meiner Haut, nach dem Tanz und dem Kuss und allem sonst, sagt er ohne zu zögern und so still Nein.

Nein zu mir.

Ungläubig starre ich ihn an, finde jedoch keine Worte, die meinen Blick widergeben. Wie furchtbar eine Abfuhr nach so kurzer Zeit miteinander in Augen und Herz brennen kann. Wie gern würde ich einfach verschwinden.

»Holen die uns gleich ab?« Und klang ich gerade weinerlich?

»Keine Ahnung«, erwidert er. Seine Augen werden schmaler, als versuche er zu lesen, was er nur hören kann. Mich.

Ja, kurz sieht er mich an, als sähe er mich wirklich,

geradezu in mich hinein. Dann machen sein Daumen und sein Zeigefinger Anstalten, einen Fussel von seinem Oberteil zu pflücken. Von dem Oberteil, auf dem meine Hände vor vermutlich nicht einmal einer Stunde zu lange gelegen haben. Irritiert blicke ich auf seine Finger. War da ein Fussel? Und wenn ja: Woher wusste er das? Ich …

»Sie kommen«, sagt er ruhig. Da höre auch ich die sich nähernden Schritte. »Und ich bitte dich hiermit offiziell, mir Bescheid zu geben, wenn sie Waffen dabeihaben.«

Trotz meiner Fassungslosigkeit muss ich leise auflachen. »Geht klar.«

Gern würde ich ihn fragen, ob er tatsächlich besser hört, so wie man sich das immer vorstellt. Alle anderen Sinne geschärft. Da öffnet sich bereits eine der beiden Türen. Als Erster betritt ein Mann mit unpassendem Lächeln im Gesicht den Raum, noch ehe ich entscheiden kann, ob ich Levi so etwas fragen kann.

»So. Damit sind wir also schon am Ende.« Er streckt die Hand nach Levis Arm aus, als wäre er nicht blind, sondern könnte nicht selbst aufstehen. Dabei kann er sogar tanzen. So perfekt tanzen. »Ich zeige Ihnen den Weg zurück in mein Büro.«

»Ist nicht nötig, danke«, erwidert Levi tonlos, greift nach seinem Stock und steht auf, ehe er ihn ausklappt. Dann beobachte ich, wie er erstaunlich gezielt zu der Tür und hindurch in einen anderen Raum geht.

Der Mann greift nach dem Blatt voller aus Punkten

geformter Buchstaben, lächelt mir noch einmal zu und verschwindet in dem Moment, in dem sich die andere Tür öffnet. So wenig ich gerade allein sein will, so gern würde ich mal kurz durchatmen, um runterzukommen. Doch mit einem Mal fühlt sich die Luft hier ohnehin erstaunlich aufgebraucht an. Wie zu Beginn, als Levi sie noch nicht allein durch seine Art mit Glückspartikeln angereichert hatte.

»So, dann nehme ich Sie mit rüber«, sagt sie und ihre Hand weist mir den Weg, als hätte ich nicht mitbekommen, wo sie herkam.

Vielleicht sehe ich aber auch so verzweifelt aus, dass sie mir zutraut, wie ein zu meiner Haarfarbe passender Straßenköter winselnd hinter Levi her in das andere Büro zu dackeln.

»Klar«, murmle ich, greife nach dem Blatt mit meinem demütigenden Kreuzchen und folge ihr in den Flur.

Kurz denke ich, dass ich peinlich berührt sein sollte, weil wir uns über sie und ihren unbewaffneten Kollegen lustig gemacht haben – doch das Gefühl will nicht zu mir finden. Es gibt zu vieles, was es überschattet.

Während ich neben ihr den Gang hinunterstolpere, rasen meine Gedanken nur so durch meinen Kopf. Ecken mal an dieser Erinnerung aus den vergangenen Stunden an, mal an jenem Satz einer unserer Antworten. Und plötzlich krachen sie regelrecht in eine seiner Äußerungen: Er hat gesagt, seine damalige Freundin hätte seine größte Schwäche ausgenutzt, als sie in einem Club, in dem auch er war, mit einem anderen rumgemacht hat. Weil er es nicht sehen konnte? Das kann doch nicht ...

»Wir sind da.«

Ich zucke zusammen. »Oh. Ja.«

Sie schließt die Tür auf, und kaum dass ich sitze, nimmt sie mir mein Blatt ab und legt mir einen Fragebogen und einen Stift hin. So viele Skalen von eins bis zehn, die mich hämisch fragen, wie wohl ich mich gefühlt habe, wie sympathisch mein Gegenüber war ... Lauter Dinge, die ich gerade nur vergessen will. Wenigstens wird auch Levi die Fragen hassen.

Die Frau mir gegenüber redet auch – irgendwelche Worte – und gibt mir meine Aufwandsentschädigung.

Nichts, gar nichts von all dem kann ich noch abrufen, nachdem ich auch diesen trostlosen Raum verlassen habe. Mir war gar nicht bewusst, dass ein Schild mit der Aufschrift *Toilette* eine solche Erleichterung hervorrufen kann, wenn man nicht mal verdammt dringend muss. Die letzten Meter laufe ich beinahe, um die Tür aufzustoßen und in die nächstbeste Kabine zu stürmen, in der ich mich verbarrikadieren kann.

Die Tränen erwischen mich vollkommen unvorbereitet. Dabei toben dort so viele Gefühle in einer derartigen Intensität durch mich hindurch, dass eines allein bereits hätte ausreichen müssen, um mich hier heulend wiederzufinden. Wahrscheinlich ist es vollkommen lächerlich – aber das war es schließlich die ganze Zeit schon. Das Lachen, das Tanzen, das Kribbeln, das Küssen – alles komplett übertrieben.

Doch es war da.

Ich war dabei, mich in der Dunkelheit in die Ahnung eines fremden Lichts zu verlieben. Und so etwas ist immer gefährlich. Doch wenn man bereit ist, sich auf nichts zu konzentrieren als das Schimmern, gönnt man sich diesen Illusionsfunken zu gern.

Und nun ist eben das hier da, volle Breitseite. All die Enttäuschung, die Traurigkeit und auch etwas Wut. Seinetwegen und auch meinetwegen. Denn vermutlich habe auch ich ihn enttäuscht, als ich nur dasaß und kaum noch reden konnte, obwohl er niemand anderes war als der Typ, dem ich in Lichtgeschwindigkeit nahegekommen bin. Er konnte mich nur weiterhin genauso wenig sehen wie zuvor.

Aber auch genauso deutlich.

Und er hat auch mir durch seine Worte, seinen Humor und seine Art, in den richtigen Momenten weiter zu fragen oder zu schweigen, die Fähigkeit verliehen, deutlicher zu sehen. Innerhalb weniger Stunden etwas in uns zu erkennen, was ich so gern behalten wollte. So sehr behalten wollte, dass mein Herz bereit war, noch ein bisschen durch die Dunkelheit zu hüpfen, statt in den blauen Himmel zu blicken.

Ich fühle mich dieser Chance beraubt. Dieser Chance, die sich eben noch so groß angefühlt hat wie ein ganzer Kontinent voller von Schmetterlingen umflatterter Wiesen. Wieso hat er nichts gesagt? Wäre ich darauf vorbereitet gewesen, hätte ich so anders reagiert. In dem Moment, aber auch zuvor.

Ich hätte nicht von Tibet erzählt und … O Gott … Dass ich lieber auf andere Sinne als aufs Sehen verzichten würde, das hätte ich auf keinen Fall gesagt.

Mit zitternden Fingern fische ich mein Handy aus der Handtasche und blicke im nächsten Moment ungläubig auf das Display. Es ist beinahe vier Stunden her, dass ich das Gebäude betreten habe. Auch die Zeit mit ihm ist wie Schmetterlinge dahingeflattert.

Kurz denke ich darüber nach, eine Freundin anzurufen, um einen Kaffee trinken zu gehen. Darüber, ein paar Leute anzuschreiben und mit ihnen die Nacht durchzutanzen. Doch ein Teil von mir will den Schmerz nicht übertünchen. Nicht nach dem, was mich eben die Stille gelehrt hat.

Es braucht noch einige Minuten, bis ich ganz zur Ruhe komme, bis mein Herz wieder einen Takt klopft, der sich nicht so sehr nach Einsamkeit anhört. Bis ich aus meiner Kabine treten und mir das Gesicht waschen kann. Ich sehe furchtbar aus. Dennoch atme ich nur noch ein paarmal durch und verlasse dann auch den Waschraum, um auf den Ausgang zuzusteuern. Ich brauche Luft, um den Wind meine lächerlichen Illusionen davonpusten zu lassen.

Doch der einzige Sturm, der mich draußen durchweht, ist der Anblick eines mir erstaunlich vertrauten Mannes. Einige Meter entfernt sitzt er auf einer Bank in der Sonne, zurückgelehnt, mit ernster Miene und einer Sonnenbrille auf der Nase. Wenn ich nicht wüsste, dass es unmöglich ist, würde ich denken, er starre einfach in die Gegend.

In mir knubbelt sich alles in noch größerer Intensität, sodass ich Wut und Enttäuschung und Traurigkeit und auch das elende watteweiche Stückchen Sehnsucht gar nicht recht entheddern kann. Dennoch fühle ich keine andere Möglichkeit, als zu ihm hinüberzugehen. Zwei Schritte vor ihm bleibe ich stehen. Er wendet mir das Gesicht zu, und ich frage mich, wie sich das für ihn anfühlt, wenn er weiß, dass plötzlich jemand vor ihm steht, den er nicht einordnen kann. Ob er sich denken kann, dass ich es bin?

»Hi«, sage ich leise, damit er sich keine Gedanken machen muss.

»Hi«, erwidert er nicht lauter. Und in dem Moment bin ich mir sicher, er hat zumindest geahnt, dass ich es bin.

Aus irgendeinem mir unerfindlichen Grund klingt seine Stimme im Licht beinahe noch schöner.

»Darf ich mich kurz setzen?«

»Klar.«

Langsam lasse ich mich mit etwas Abstand neben ihm auf die Bank sinken. »Wieso hast du das nicht gesagt?«

»Dass ich blind bin?«

»Ja.«

»Es war nicht so, dass wir ne Runde mit dem Tandem fahren sollten und ich dir verschwiegen habe, dass du vielleicht lieber vorne sitzt.«

Ich schlucke. »Wäre schön, wenn du nicht so tust, als wäre die Frage komplett aus der Luft gegriffen. Meinst du nicht, dass es angebracht gewesen wäre?«

»Wieso angebracht?«, fragt er schneidend. Doch dann seufzt er schwer, ehe er weiterspricht. »Wann hätte ich es sagen sollen? Bei der Vorstellung? Meine Lieblingsfarbe ist Himmelblau, weil das die Farbe ist, die ich am meisten vermisse? Oder hätte ich dich vielleicht raten lassen sollen? Ich kann nicht Rad fahren – kann ich übrigens theoretisch, falls du dich das jetzt fragst –, ich bin blind und lese den letzten Satz eines Buches zuerst? Rate, Juna.« Sein schweres Ausatmen erinnert mich an ein freudloses Lachen. »So etwa?«

Ich schlucke. Bereits das Himmelblau schnürt mir die Kehle zu. All die anderen Worte ziehen nur noch fester und fester. Und dann mein Name …

»Keine Ahnung«, gebe ich leise zu. »Vermutlich hast du recht. Ich hätte es einfach gern gewusst.«

»Wieso? Es hat keinen Einfluss auf dein Leben, oder?«

Autsch. Und den wird es auch nicht haben, dafür hat er mit seinem Nein-Kreuzchen schließlich gesorgt.

»Vielleicht wäre es gut gewesen, damit ich nicht so doof reagiere?«, sage ich kleinlaut.

Da erscheint ein Lächeln auf seinen Lippen. Es ist winzig, es ist traurig, aber es ist da. Und unendlich schön.

»Du hast geweint«, sagt er sanfter. »Wenn das was damit zu tun hat, dass ich nichts gesagt habe, tut es mir schrecklich leid.«

»Ich ...«, setze ich zu einem Leugnen meiner Tränen an. Dann verstumme ich. Weil ich weiß, wie sehr er Lügen hasst, und auch weil es komplett lächerlich wäre. Schließlich kann ich es selbst hören.

Doch wie soll ich ihm hier und jetzt die Wahrheit sagen? Dass ich geweint habe, weil ich trotz meiner bescheuerten Reaktion so sehr auf sein Ja gehofft habe, dass sein Nein so verflucht wehtut?

»Weißt du ...« Er presst die Lippen aufeinander, ehe er weiterspricht. »Ich hatte so lange kein Gespräch mehr mit jemandem, dem nicht klar war, dass ich blind bin. Hätte ich es erwähnt, dann wäre es unterschwellig die ganze Zeit Thema gewesen. Und als ich wusste, dass du eine Frau bist, da dachte ich: Hey, sieh es als das erste nicht vorbelastete Date deines Lebens. Und dann hast du angefangen zu reden, und du warst so ...« Er stockt.

»Was?«, wispere ich.

»Keine Ahnung.« Er fährt sich durchs Haar. Und ich sehe viel zu gern dabei zu. Ich mag seine Haare. Und seine Hände. Und ihn ... »Ich mochte dich«, sagt er da. »Deine Stimme, deine Intonation, dein Lächeln und Lachen ... Vom ersten Wort an. Mit jedem Wort mehr.«

Nun würde ich ihm so gern selbst durchs Haar fahren, dass es in meinen Fingerkuppen kribbelt.

»Und du hast von Handballunfällen und so nem Zeug erzählt.«

Mein Magen zieht sich zusammen. »Tut mir leid. Ich hätte so vieles nicht gesagt, wenn ich es gewusst hätte.«

»Aber genau darum geht es doch«, unterbricht er mich. »Ich wollte keine zensierte Version von dir. Nicht, dass du dich bei jedem Satz fragst, ob es taktlos ist, ob du das sagen darfst.« Das letzte Wort setzt er mit einer kleinen Bewegung seiner Finger in Anführungszeichen, und ich denke, dass ich das nie in einem Gespräch mit ihm machen könnte.

Aber würde vielleicht irgendetwas von der Geste auf meine Stimme abfärben, so wie ich meinte, sein Brauenheben zu hören?

»Ich wollte *dich* kennenlernen. Dass du einfach unbeschwert drauflosredest, auch wenn es mir ab und an einen kleinen Stich versetzt. Das ist Leben, Juna – für jeden Menschen gibt es Sätze, die ihn entweder kitzeln oder streicheln oder abstechen und ausweiden. Und ich lebe halt verdammt gern.«

Das lässt mich lächeln. Weil ich auch so gern lebe und heute, an diesem Tag mit ihm, besonders gern gelebt habe. Trotz und wahrscheinlich auch ein bisschen wegen all der Dinge, die mir während unseres Gesprächs wehgetan haben.

»Und ich wollte die Chance nutzen, dass ich einen Raum noch mal nur als Mann betreten habe und nicht

auch als Blinder, der mittlerweile jeden unangekündig-
ten Ball in die Fresse bekommt, statt Finalsiege zu er-
ringen. Ich kann andere Dinge. Und ich *bin* der Typ, von
dem ich dir da drinnen erzählt habe. Der hat sich doch
nicht mit meiner Sehkraft verabschiedet. Ich bin ein
Mensch, der nicht sehen kann, wie du offenbar ein
Mensch bist, den man besser nicht allein in einen
dunklen Raum stellt, um ihn ein Sofa suchen zu lassen.«

Ich presse die Lippen aufeinander, bis es schmerzt.

Augenhöhe.

Das hat er zu Beginn gesagt. Er erhoffe sich so etwas
wie Augenhöhe. Und der eindeutig größere Teil von
mir kann ihn verstehen. Weil er auf Augenhöhe *ist*, es
aber vermutlich zu oft übersehen wird.

»Hast du Nein angekreuzt?«

Ich kann nicht fassen, dass er das fragt.

»Ich weiß nicht, ob es gegen die Spielregeln ver-
stößt, dir das zu verraten.« Mein verletzter Stolz lässt
mich klingen wie eine bescheuerte Oberlehrerin.

»Ah«, macht er nur, und in einem seiner Mundwinkel zuckt ein bitteres Lächeln, das mich mehr zum Reden zwingt, als es Daumenschrauben wohl getan hätten.

»Ich habe Ja angekreuzt«, murmle ich.

Die Verwunderung, die seine Miene andeutet, ist so
etwas wie beleidigend. *Naives, kleines Mädchen ...*

»Ich sollte dann mal los«, sage ich da und erhebe
mich.

»Oh.« Das klang noch überraschter.

»Vielleicht sieht man sich ja mal.«

O Gott, was für ein grauenvoller Versprecher!

»Ich meine ...«

»Ja«, unterbricht er mich. »Bis dann, Juna.«

»War schön, dich kennengelernt zu haben.« Dieses Mal klinge ich nicht im Ansatz so enthusiastisch wie noch vor unserem Kuss. Und ich kann nicht leugnen, dass es daran liegt, dass ich mit einem Mal nicht mehr sicher bin, ob es stimmt.

Nicht etwa, weil er blind ist. Sondern weil er als Erster mein Grübchen-Ungleichgewicht wahrgenommen hat, um mich dann fallenzulassen.

Kann ich die Zeit mit ihm als schöne Erinnerung behalten? Als Hinweis darauf, dass es da draußen Menschen gibt, denen ich nach so kurzer Zeit ein so bedeutendes Stück meines Herzens in die Hände legen kann, ohne Sorge zu haben, sie drücken zu fest zu? Oder bleibt am Ende vor allem eines zurück: das Gefühl, dass da draußen dieser eine Jemand herumläuft, der sich selbst so perfekt in mein Herz eingefügt hat – und sich dennoch nicht häuslich darin einrichten wollte?

Ich schlaf auf dem Boden, du kriegst das Sofa. Bin ja nicht lange hier.

»Fand ich auch«, sagt er, und ich kann nicht einordnen, ob das, was da mitschwingt, pure Irritation ist oder seine Erkenntnis, dass er mich tatsächlich lieber nicht kennengelernt hätte.

Als ich mich umdrehe und losmarschiere, weiß ich

nur, dass ich meinen Instinkten in seinem Fall nicht mehr traue.

Und es ist auch egal.

Total egal.

Die ersten fünfzig Meter stapfe ich entschieden weg. Die nächsten fünfzig Meter werden meine Schritte immer unsicherer. Wieso fange ich plötzlich an, nur an meinen Instinkten zu zweifeln, statt auch infrage zu stellen, was er getan hat?

Jeder besitzt das Recht, einen dunklen Raum zu betreten und sich zu verstellen. Sogar dann, wenn er vorgibt, nicht mehr als Nonnen-Lügen auf dem Kasten zu haben. Aber muss ich mir gefallen lassen, mich benutzen zu lassen, nur weil ich den gleichen Raum betreten habe?

Ja, ich wusste, es ist ein Experiment. Aber Levi hat daraus ein doppeltes gemacht. Ich war sein Experiment, der Versuch seines ersten unbelasteten Dates. Und das ist, verdammt noch mal, nicht okay.

Aber ..., meldet sich zögerlich dieses andere Stimmchen in mir, *kann ich wirklich so danebengelegen haben mit meiner Einschätzung?*

Besteht womöglich noch die Chance, dass es nur seine Enttäuschung und seine Wut waren, die ihn spontan sein Kreuzchen haben machen lassen?

Ein guter Soldat stellt keine Fragen. Und haben wir nicht beide festgestellt, dass wir keine bescheuerten Soldaten sein wollen?

Ich will Gründe, ich will Antworten. Und sie stehen

mir zu.

Mein Herz donnert ungehalten in meiner Brust, und dieses Gefühl, dass jeder Schlag wegen eines beinahe Fremden schmerzt, bin ich nicht bereit, einfach so auszuhalten für ihn. Ich will das nicht mehr fühlen. Also wirble ich herum und marschiere zurück. Er sitzt noch immer da, nun die Unterarme auf die Knie gestützt, der Kopf hängt hinab, die Sonnenbrille steckt am Kragen seines Shirts.

»Also ...«

Er fährt unter dem Wort zusammen und blickt ruckartig auf.

»Ich würde es echt gern verstehen. Wieso hast du Nein angekreuzt?«

»Wie bitte?«, fragt er überrumpelt.

»Ich meine, ich hatte das Gefühl, dass wir uns gut verstanden haben. Mehr als das ...«

Er holt Luft, doch ich bin echt noch nicht fertig. Womöglich mache ich mich gerade noch lächerlicher als in dem Moment, in dem ich mich habe küssen lassen. Aber das ist mir so herrlich egal.

»Warst du nur so zu mir, weil du dir dein Traumdate erschaffen wolltest? Ich war halt zufällig da, wenn auch nicht die erste Wahl? War ich dein Experiment? Und dann sagst du Nein? Einfach Nein? Das heißt ... Du sagst es ja nicht einmal. Nur ein blödes Kreuzchen.«

»Juna ...«

Am liebsten würde ich schreien, dass er nie, nie wieder meinen Namen sagen soll. Nicht solang er aus seinem Mund *so* klingt.

»Das macht man doch nicht«, rufe ich stattdessen.

»Man küsst doch nicht jemanden – schon gar nicht so – und dann sagt man *Tschö* und verschwindet.«

»Gib mir einfach Bescheid, wenn du mich für das Gespräch brauchst«, sagt er und lehnt sich zurück.

Und plötzlich dämmert es mir. »Ist es ihretwegen?« Seine Stirn legt sich in Falten. »Was?«, stößt er dann hervor.

»Wegen deiner Ex? Weil du sie noch willst, obwohl sie so etwas ... Grauenvolles getan hat?«

»Äh. Wohl kaum.«

Ich weiß nicht, wieso. Doch seine Worte nehmen mir allen Wind aus den Segeln. Plötzlich stehe ich da mit hängenden Schultern und nichts als verletzt. Und dann wird mir klar, wieso mich seine Antwort so hart trifft. Die Frage war mein letzter Strohhalm. Doch er ist unbrauchbar. Es liegt einzig und allein an mir. Nach all dem, was ich gefühlt habe, liegt es an niemandem als mir.

»Wieso hast du Nein angekreuzt?« Mit einem Mal fühle ich mich unsagbar erschöpft.

»Bin ich jetzt tatsächlich dran?« Es klingt unerwartet sanft.

»Ja«, flüstere ich.

»Nach deiner Reaktion war ich mir echt sicher, dass du Nein angekreuzt hast ...«

»Ich war einfach überrumpelt. Ich ...«

170

Er hebt die Hand. »Aber«, redet er weiter, »ich hab mich dennoch für Ja entschieden.«

Mein Mund öffnet sich, schließt sich wieder. Öffnet sich. »Aber du hast doch rechts angekreuzt«, stammle ich.

»Du beherrschst Braille? Aus der Ferne und verkehrt herum gelesen? Wow.«

»Ich …« Doch mir fällt so gar nichts ansatzweise Kluges ein.

Er grinst in meine Richtung. »Was heißt denn, dass man jemanden schon gar nicht *so* küsst, wenn man ihn nicht wiedertreffen will?«

»Keine Ahnung«, nuschle ich.

»Lügst du mich gerade an?«

»Ja, schon irgendwie«, erwidere ich lächelnd.

»Aha.«

»Und jetzt?«

Er steht auf und tritt zielsicher auf mich zu. Als er vor mir steht und den Arm hebt, macht mein Herz ein paar äußerst übermotivierte Hüpfer. Doch er streicht mir nur lächelnd ein paar straßenköterfarbene Strähnen hinter das Ohr, ehe er die Hand wieder sinken lässt.

»Jetzt frage ich dich, ob ich ein paar Tage warten soll, bis sie mir deine E-Mail-Adresse schicken, oder ob ich dich entgegen aller Spielregeln bereits jetzt bitte, dass wir uns wiedersehen.«

Ich starre ihn nur an.

»Juna?«

»Ich bin noch da.«

»Ich weiß«, erwidert er leise lachend. Gott, wie er lacht. »Selbst wenn ich dich nicht erahnen könnte … Ich kann dich aus der Nähe fühlen.«

»Echt?«, flüstere ich rau.

»Echt.«

»Dann frag jetzt.« So etwas von jetzt.

Nicht das Ende.

DANKSAGUNG

Mein erster Dank gilt wie immer denen, die sich auf die Geschichte eingelassen haben. Denen, die eine oder mehrere Fragen oder vielleicht auch Juna und Levi an ihrem Herzen haben anklopfen lassen. Ihr seid die, die darüber mitentscheiden, ob mein Traum wahr wird oder nicht.

Außerdem danke ich meinen lieben zuverlässigen Bloggerinnen, die meine Bücher in die Welt hinaustragen, sie in Kameras halten und von ihnen erzählen. Euer Engagement, eure Liebe zu Worten sind mein Glück.

Nicht selten kommt Inspiration von außen – sei es durch ein Lied, einen Gesprächsfetzen oder eine Beobachtung. In diesem Fall war es ein echtes Experiment, das zu diesem von mir kreierten Experiment geführt hat. Deshalb danke ich dem Forschungsteam um Dr. Arthur Aron, das 1997 im Rahmen einer Studie sechsunddreißig Fragen entwickelte, aufgrund derer es zwei beliebigen Menschen möglich sein soll, sich zu verlieben. Sie werden nie von meinem Buch erfahren – sein wir realistisch – aber das schmälert nicht meine Dankbarkeit.

Ein ganz besonderer Dank gilt auch dieses Mal meinen wundervollen Testleserinnen. Ihr. Seid. So. Toll.

Dir, liebe Ella, in diesem Fall, weil du mir von Anfang an Mut gemacht hast, dieses Projekt anzugehen, und mich bei der Erschaffung des Experiments unterstützt hast. In allen anderen Fällen dafür, dass mir zwar der Schweiß ausbricht, wenn ich dir als Erster eine neue Idee schicke oder einen Text oder ein Cover oder ... O Gott, kann ich eigentlich irgendetwas allein? Nun gut ... Weil du immer für mich da bist. Und das mit ganzem Herzen und ein paar schrecklich zauberhaften Eiskristallen.

Liebe Maria, so viele gleiche Gedanken über die Buch-Welt, über Geschichten und das, was sie besonders macht, sind mit Gold nicht aufzuwiegen. Ich bin dankbar für deine Tiefe und deine Ehrlichkeit und dafür, dass du dir Zeit für diese Geschichte genommen hast, obwohl ein Killer auf dich wartete. ;-)

Liebe Irina, dir danke ich dafür, dass du so ein liebenswerter Offenes-Ohr-Mensch bist und aus irgendeinem Grund immer Dinge findest, die anderen nicht auffallen und die ich vergessen habe. Danke für ein paar verwackelte und eine Menge lesbarer Fotos, die mein Buch haben besser werden lassen!

Liebe Clara, so schön, dass du dieses Mal auch dabei warst! Hätte deine Rückmeldung aus Backwaren bestanden, hätte sie nicht süßer sein können. Du hast mir so viel Mut geschenkt! Danke dafür, dass du mein Manuskript dem Kauf von Farbe für dein neues Zuhause vorgezogen und mir die niedlichsten Nicht-Delfine in deine Kommentare gemalt hast.

Für dieses Buch habe ich mich zum ersten Mal auf die Suche nach einer Sensitivity Readerin begeben und dich, liebe Ayasha, gefunden. Ein ganz, ganz großer Dank geht an dich! Für die Beantwortung aller Fragen – der gestellten und derer, von denen ich nicht einmal wusste, dass ich sie habe. Du hast mir so manche tolle Idee und eine Menge Denkanstoß mit auf den Weg gegeben, die mich als Mensch und Autorin haben wachsen lassen. Du hast dieses Buch nicht nur so viel authentischer gemacht, sondern ihm auch mehr Tiefe verliehen.

Lieber A., dir gilt mein Dank, weil mir mittlerweile so selbstverständlich die Samstag- und Sonntagvormittage gehören, um Menschen zu formen und ihren Geschichten zu lauschen, bis sie bereit sind, niedergeschrieben zu werden.

Und dann bist da immer und immer und immer noch du, liebste R. Bitte behalte dir diese zauberhafte Eigenschaft, mit geschlossenen Augen ganze Welten zu sehen und bis auf den Grund von Herzen zu blicken. Du bist Inspiration pur.

Über die Autorin

Elja Janus lebt mit ihrer kleinen Familie in Aachen, wo sie 1982 das Licht der Welt erblickte und ein Weilchen später Deutsche Philologie, Psychologie und Theologie studierte. Angetrieben von dem Glauben an die Liebe arbeitete sie einige Zeit als Paarberaterin und schreibt heute neben ihrer Arbeit als Lektorin über eines der größten Gefühle der Welt.

Immer schon liebte sie Bücher und Worte. Ihren ersten Roman verfasste sie in der Dunkelheit neben einem wundervollen kleinen Mädchen, das nicht ohne seine Mama schlafen wollte. Darauf folgten noch einer und noch einer ...

»Ein Experiment namens Liebe« ist mittlerweile der fünfe Roman der Autorin und das zweite Buch, das sie im Selfpublishing veröffentlicht.

Weitere Bücher der Autorin

»Immer noch wir« – erschienen 2019 im FeuerWerke Verlag

»Zwei in Solo« – erschienen 2019 im FeuerWerke Verlag

»Der hellste Teil der Nacht« – erschienen 2020 im Selbstverlag

»Zwei Nächte und drei Leben lang« – erschienen 2020 im FeuerWerke Verlag